Bewerbung für Berufsanfänger

D1829504

Andreas Schieberle

Bewerbung

für Berufsanfänger – kurz gefasst

FALKEN TaschenBuch Basis

Im FALKEN TaschenBuch sind zahlreiche Titel zum Thema Beruf und Karriere erschienen. Sie sind überall erhältlich, wo es Bücher gibt.

Der Text dieses Buches entspricht den Regeln der neuen deutschen Rechtschreibung.

Dieses Buch wurde auf chlorfrei gebleichtem und säurefreiem Papier gedruckt.

Originalausgabe
ISBN 3 635 60407 0

© 1998 by FALKEN Verlag, 65527 Niedernhausen/Ts.
Die Verwertung der Texte und Bilder, auch auszugsweise, ist ohne Zustimmung des Verlags urheberrechtswidrig und strafbar. Dies gilt auch für Vervielfältigungen, Übersetzungen, Mikroverfilmung und für die Verarbeitung mit elektronischen Systemen.

Umschlaggestaltung: Rincón² Design & Produktion, Köln
Gestaltung: Horst Bachmann
Redaktion: Dr. Dietrich Voorgang, Heidenrod/Sabine Weeke
Herstellung: Bettina Christ/Torsten Hellbusch
Titelbild: Tony Stone, München/Adri Berger
Satz: Raasch & Partner GmbH, Neu-Isenburg
Druck: Freiburger Graphische Betriebe GmbH, Freiburg

Die Ratschläge in diesem Buch sind von dem Autor und vom Verlag sorgfältig erwogen und geprüft, dennoch kann eine Garantie nicht übernommen werden. Eine Haftung des Autors bzw. des Verlags und seiner Beauftragten für Personen-, Sach- und Vermögensschäden ist ausgeschlossen.

817 2635 4453 6271

Inhalt

Einleitung

Sie haben die Schule abgeschlossen oder Ihr Studium, vielleicht auch bereits eine Berufsausbildung, und Sie suchen Ihre erste feste Anstellung bzw. eine Lehrstelle. Typisches Kennzeichen für Ihre Situation: Einige hundert Gleichgesinnte verfolgen dasselbe Ziel. Und alle Bewerberinnen und Bewerber haben für den jeweiligen Stellenanbieter auf den ersten Blick weitgehend das Gleiche anzubieten: Sie haben alle dieselbe Ausbildung durchlaufen und können noch keine Berufserfahrung aufweisen (die für Arbeitgeber stets einen sehr hohen Stellenwert hat). Damit ein Stellenanbieter sich gerade für Sie entscheidet, müssen Sie sich also mit Ihrer Bewerbung besonders hervorheben, Aufmerksamkeit erregen, Interesse wecken und Nutzen versprechen. Und bei diesem Ziel Ihr spezielles Angebot ins rechte Licht zu setzen, dabei will Ihnen dieser Ratgeber helfen.

Das Buch folgt in seinem Aufbau dem Ablauf des Bewerbungsverfahrens, wie Sie es auch erleben werden:

- Vorüberlegungen: Ihr Angebot, Ihre Forderungen, der richtige Beruf,
- verschiedene Wege zur Stellensuche,
- Bewerbungsschreiben,
- Lebenslauf,
- Anlagen zum Bewerbungsschreiben,
- Tests,
- Vorstellungsgespräche,
- Zusage oder Absage, Arbeitsvertrag.

In der heutigen Situation eines recht knappen Stellenangebots ist vor allem wichtig nie den Mut zu verlieren. Denn selbst mit der allerbesten Qualifikation werden Sie heute dutzende von Bewerbungen zu schreiben haben, bevor Sie Ihre Stelle finden. Und angesichts des relativ hohen Aufwands, der mit jeder einzelnen Bewerbung verbunden ist, kann das an schlechten Tagen schon einmal frustrierend sein. Aber nur wenn Sie trotzdem am Ball bleiben, werden Sie schließlich erfolgreich sein. Bereits durch den Kauf eines Bewerbungsratgebers haben Sie Ihre Ausgangslage verbessert. Die zahlreichen Anfängerfehler, mit denen sich Bewerber immer wieder um ihre Chancen bringen, werden Ihnen nun nicht mehr unterlaufen.

Mit einer zielgerichteten Gestaltung des Inhalts und einer ansprechenden Aufbereitung verbessern Sie die Erfolgsaussichten Ihrer Bewerbung ganz entscheidend.

Vorüberlegungen

Diese Überschrift klingt nicht gerade spannend. Viel lieber würden Sie wahrscheinlich gleich mit Ihren Bewerbungen loslegen. Trotzdem sollten Sie über die folgenden Themen besonders gründlich nachdenken:

- Ihr Angebotskatalog,
- Ihr Forderungskatalog,
- Folgerungen aus dem Vergleich beider Kataloge.

Ihr Angebot und Ihre Forderungen an den Arbeitsmarkt sind die Grundlagen des gesamten Bewerbungsverfahrens, auf die Sie immer wieder zurückkommen werden. Ihre Ausgangslage ist dann viel besser, wenn Sie mit klaren Vorstellungen an die Sache herangehen. Die meisten dieser Überlegungen brauchen Sie auch nur ein einziges Mal anzustellen und können dann immer wieder darauf zurückgreifen.

Sie können Ihre Überlegungen schriftlich formulieren. Sie können sie auch nur im Kopf anstellen. Richten Sie sich nach Ihren persönlichen Vorlieben. Wichtig ist nur, dass Sie sich für diese Überlegungen einmal Zeit nehmen. Eine wirklich ehrliche Selbsteinschätzung ist nicht ganz einfach. Deshalb ist auch die Meinung von Eltern, Freunden, Lehrern, Ausbildern, berufstätigen Bekannten oder anderen Personen hilfreich, auf deren Urteil Sie vertrauen. Bei Bedarf können Sie sich sogar an professionelle Berufsberater wenden.

Ihr Angebotskatalog

Wie schon gesagt haben die meisten Berufsanfänger in der Regel die gleiche Qualifikation zu bieten wie ihre Mitbewerber: gleichen Schulabschluss, dieselbe Studienrichtung, oft sogar recht ähnliche Lebenswege. Um es dem Stellenanbieter zu erleichtern sich gerade für Sie zu entscheiden kommt es also darauf an, sich von den anderen positiv abzuheben. Also sollten Sie zunächst einmal systematisch überlegen, welche Qualifikationen Sie auf Ihrem bisherigen Lebensweg erworben haben, die für den angestrebten Beruf von Bedeutung sein dürften. Seien Sie dabei ehrlich. Hier geht es noch nicht darum, was Sie davon später weitererzählen, sondern um Ihre eigene Information. Und da kann die Basis gar nicht

zuverlässig genug sein. Sie werden sehen: Es kommt gar nicht so wenig zusammen.
Grundsätzlich können für Stellenanbieter Qualifikationen aus den folgenden Bereichen von Interesse sein:

- Ausbildung,
- berufliche Erfahrungen,
- Zusatzqualifikationen,
- besondere Kenntnisse und Fähigkeiten,
- persönliche Eigenschaften,
- persönliche Interessen,
- persönlicher Hintergrund.

Ihre Ausbildungszeit

Zu Ihrer bisherigen Ausbildung können gehören

- Schulzeit (Grundschule, weiterführende Schulen),
- Wehrdienst oder Zivildienst, freiwilliges soziales oder ökologisches Jahr,
- Berufsausbildung,
- Studium.

Welche dieser Stationen kann für einen möglichen Arbeitgeber von Interesse sein? Da ist zunächst die abgeschlossene *Ausbildung* selbst, durch die Sie eine bestimmte Qualifikation erworben haben. Und selbst bei einer schlecht oder gar nicht abgeschlossenen Ausbildung gibt es immer noch einige Fähigkeiten, die Sie in dieser Zeit erworben haben. Ein Großteil Ihrer Konkurrenten verfügt allerdings über dieselbe Ausbildung. Zur stärkeren Hervorhebung Ihres persönlichen Angebots an den Betrieb müssen also weitere Faktoren beitragen. Das meistbeachtete Merkmal sind die erzielten *Noten.* Dabei kommt es nicht nur auf Gesamt- oder Durchschnittsnoten an, sondern auch Ihre Leistungen in besonders relevanten Teilgebieten können für Sie sprechen. Vielleicht ist die Gesamtnote zwar nicht berauschend, Sie waren aber immer gut in Mathematik. Sie dürfen auch Leistungen in zurückliegenden Zwischenzeugnissen heranziehen, wenn diese besonders gut ausgefallen sind.
Weiter können Sie sich auch durch *Spezialgebiete* hervorheben, z. B. durch Ihre Fächerkombination, den Besuch von Leistungskursen, freiwilligen Zusatzveranstaltungen oder Arbeitsgruppen, durch Hilfskraft- oder Assistententätigkeit, Engagement in der Schulpolitik (Klassensprecher usw.), durch Magister-, Diplom- und Doktorarbeiten oder auch durch absolvierte Auslandssemester.
Sammeln Sie zunächst einmal alles, was Sie – im Hinblick auf Ihre angestrebte Stelle – einem möglichen Arbeitgeber aus der Zeit Ihrer Ausbildung anzubieten haben. Ob und wie Sie es einsetzen können, wird sich später zeigen.

Berufliche Erfahrungen

Berufliche Erfahrungen zählen zu den allerwichtigsten Merkmalen, auf die Stellenanbieter bei der Kandidaten-

auswahl Wert legen. Sie sollten daher alles zusammentragen, was Sie in dieser Richtung später möglicherweise ins Spiel bringen könnten.
Da Sie erst am Anfang Ihrer Berufslaufbahn stehen, müssen Sie den Begriff Berufserfahrung recht weit fassen. Dazu zählen z. B. Ferienjobs und Praktika. Womöglich haben Sie in Ihrer Wehr- oder Zivildienstzeit praktische Erfahrungen erworben (LKW-Führerschein, Pflegekenntnisse usw.). Besonders wertvoll ist natürlich eine regelrechte Berufsausbildung. Vielleicht haben Sie Ihre Diplomarbeit in Zusammenarbeit mit einem Betrieb geschrieben? Eventuell können Sie auf Aushilfstätigkeiten oder freie Mitarbeit (z. B. für eine Zeitung) zurückblicken.
Für alle Punkte gilt natürlich wieder: Es muss ein Bezug zum angestrebten Beruf bestehen.

Zusatzqualifikationen

Auch berufsbezogene Weiterbildung wird von Stellenanbietern immer gern gesehen. Besonders häufig gefragt sind Zusatzqualifikationen auf den Gebieten Maschineschreiben und EDV. Natürlich kommt es immer auf die jeweilige Branche an. Haben Sie neben Ihrer Schul-, Wehr- oder Zivildienst-, Lehr- oder Studienzeit Kurse, Seminare, Fortbildungsveranstaltungen besucht und Prüfungen bestanden? Vielleicht haben Sie ja während Ihrer Schulzeit einen Schreibmaschinenlehrgang absolviert, an der Volkshochschule Ihres Bundeswehrstandortes einen Spanischkurs oder neben dem Studium eine PC-Fortbildung.

Besondere Kenntnisse und Fähigkeiten

Neben den berufsbezogenen Fortbildungen können auch weitere besondere Kenntnisse und Fähigkeiten für bestimmte Berufe von Bedeutung sein. Denken Sie insbesondere an Fremdsprachenkenntnisse, Computererfahrung, Führerscheine usw. Und nicht nur spezielle Lehrgänge, beispielsweise in Fremdsprachen, sind wichtig. Sie haben vielleicht Freunde oder Brieffreundinnen im Ausland, abonnieren fremdsprachige Zeitungen, lesen englische Bücher, reisen viel oder hatten eine Au-pair-Stelle in Frankreich.

Ihre persönlichen Eigenschaften

Jede Stelle verlangt ganz spezielle persönliche Eigenschaften des Stelleninhabers. Für eine zutreffende Einschätzung ist es besonders wichtig, allerdings auch besonders schwierig vor sich selbst ganz ehrlich Rechenschaft abzulegen und später nicht unbedacht das Falsche von dieser Bestandsaufnahme weiterzugeben. Gerade hier empfiehlt sich die kritische Einbeziehung des Urteils anderer Personen.
Die Liste möglicher persönlicher Eigenschaften ist lang. Je nach Beruf

kommt es unter anderem an auf Intelligenz, Führungstalent, Durchsetzungsfähigkeit, Selbstständigkeit, Teamfähigkeit, Einfühlungsvermögen, sicheres Auftreten, Verhandlungsgeschick, Überzeugungskraft, Ehrgeiz, Zuverlässigkeit, Ehrlichkeit, Fleiß usw.
Beantworten Sie vor sich selber ganz ehrlich, welche der für Ihre angestrebte Stelle erforderlichen Eigenschaften Sie besitzen. Beantworten Sie dann – wieder für sich selbst – die Frage, ob Sie den Beruf mit diesen Eigenschaften werden ausfüllen können. Seien Sie dabei selbstkritisch. Aber fallen Sie um Himmels willen nicht ins andere Extrem sich nichts zuzutrauen! Jeder wird bei dieser Analyse auf Schwachpunkte stoßen. Diese behalten Sie aber für sich.

Ihre persönlichen Interessen

Auch die Aktivitäten, denen Sie in Ihrer Freizeit bevorzugt nachgehen, können unter Umständen Ihren Angebotskatalog aufwerten. Grundsätzlich ist Ihre Freizeitgestaltung einem Arbeitgeber zwar gleichgültig. Wenn Ihr Hobby jedoch ein Argument für Ihre Stellenbewerbung sein kann, dürfen Sie es natürlich ins Spiel bringen. Insbesondere bei Bewerbungen um die erste Stelle direkt nach der Schulzeit sind die Lebensläufe der einzelnen Kandidaten oft so ähnlich, dass Hobbys durchaus zur Hervorhebung dienen können.
Bei einer Stellenbewerbung werden folgende Aktivitäten in der Regel besonders gerne gesehen: handwerkliche, musische, sportliche und gesundheitsfördernde Hobbys, freiwillige Mitarbeit in sozialen oder kirchlichen Einrichtungen, Jugendarbeit usw. Weniger interessant sind Vorlieben für Diskobesuche, Kneipentouren usw. Wenn Sie dagegen als angehender Mechaniker eine perfekt ausgestattete Hobbywerkstatt im Keller vorweisen können oder sich als künftige Arzthelferin privat beim Roten Kreuz engagieren, können dies durchaus gute Argumente bei Ihrer Bewerbung sein.

Ihr persönlicher Hintergrund

Empfehlungen von Personen, deren Wort beim Stellenanbieter etwas zählt, spielen bei Stellenbesetzungen oft eine ganz entscheidende Rolle. Wenn also beispielsweise ein ehemaliger Lehrer, ein Ausbilder oder eine Professorin aufgrund Ihrer Leistungen in der Vergangenheit bereit ist sich für Sie einzusetzen, sollten Sie eine solche Chance unbedingt wahrnehmen.

Ihr Forderungskatalog

Nicht nur was Sie einem Arbeitgeber zu bieten haben, ist wichtig. Mindestens genauso viele Gedanken müssen Sie sich über Ihre eigenen Ansprüche an eine künftige Stelle machen.
Gerade in Zeiten knapper Stellen mag die Versuchung groß sein jede x-beliebige Position anzunehmen. Wenn die eigenen Vorstellungen durch einen solchen Job aber auch nicht annähernd erfüllt werden (von unausweichlichen Kompromissen einmal abgesehen), dann ist von diesem Vorgehen abzuraten. Sie werden auf Dauer unzufrieden sein. Noch stärker mag Sie die Überlegung überzeugen, dass auch Ihr Arbeitgeber auf Dauer nicht mit Ihrer Leistung zufrieden sein wird, wenn Sie eine für Sie ungeeignete Stelle angenommen haben. Und das kann noch gravierendere Folgen haben. Finden Sie diejenigen Bedingungen heraus, auf die Sie unter gar keinen Umständen verzichten können.
Auf welche Aspekte könnten sich Ihre persönlichen Forderungen an eine Stelle beziehen? Es geht im Wesentlichen um

- die Art der Tätigkeit selbst,
- Ihre persönlichen Entwicklungsmöglichkeiten,
- das zu erzielende Einkommen,
- Arbeitszeitregelung und sonstige Konditionen,
- die Ausstattung Ihres Arbeitsplatzes,
- Ihre künftigen Kollegen,
- Ihre künftigen Chefs,
- die wirtschaftlichen Aussichten von Betrieb und Branche,
- Rückwirkungen auf Freundeskreis und Familie,
- den Arbeitsort.

Die Art der Tätigkeit

Sind Sie der Typ, dem vor allem wichtig ist, welche Arbeit er tut? Dann sollten Sie genau die Kriterien herausfinden und formulieren, die Ihre künftige Arbeit erfüllen muss. (Ich muss unbedingt mit Menschen zu tun haben. Mir ist ganz wichtig, dass ich meine im Studium erworbenen Fachkenntnisse einsetzen kann.) Oder sagen Sie eher: Mir ist eigentlich ziemlich egal, was ich mache – Hauptsache, die Bezahlung stimmt? Es geht hier nicht um eine „richtige“ Antwort. Beide Positionen lassen sich vertreten. Wichtig ist eine ehrliche Antwort, die für Sie persönlich gilt. Wenn Sie zu dem Schluss kommen, dass bestimmte Aspekte Ihrer zukünftigen Tätigkeit für Sie unabdingbar sind, dann gehören diese, so konkret wie möglich formuliert, auf Ihren Forderungskatalog (z. B. Einsatzmöglichkeit für Ihre Fremdsprachenkenntnisse oder Ähnliches).
Tätigkeitsmerkmale, die lediglich wünschenswert sind, bei denen Sie aber auch Kompromisse schließen könnten, gehören nicht auf Ihre Liste.

Ihre persönlichen Entwicklungsmöglichkeiten

Sind Ihnen persönliche Entwicklungsmöglichkeiten besonders wichtig, die Ihnen eine Stelle auf längere Sicht bietet? Hierzu können Karrierechancen, die Gelegenheit zur persönlichen Entfaltung, Weiterbildungsangebote oder die Aussicht auf einen Auslandseinsatz gehören. Solche Punkte gehören auf Ihren Forderungskatalog. Vielleicht sind Sie aber auch ganz zufrieden, wenn man Sie jahrein, jahraus in Ruhe immer dasselbe tun lässt?

Das Einkommen

Das Einkommen gehört zweifellos zu den interessantesten Merkmalen einer neuen Stelle. Doch auch hier hängt es ganz vom Einzelnen ab, in welcher Höhe er seine Forderungen festsetzt. Der eine ist bescheidener, der andere anspruchsvoller. Eine Vorstellung vom Mindestgehalt sollten Sie aber auf jeden Fall haben. Bedenken Sie dabei, dass ein niedrigeres Grundgehalt durch andere Leistungen ausgeglichen werden kann: Mitarbeiterrabatte, gute Sozialleistungen, Zuschläge, die Aussicht auf ein bald kräftig steigendes Gehalt usw.

Arbeitszeit und sonstige Konditionen

Prüfen Sie, ob Sie in puncto Arbeitszeit unumstößliche Forderungen haben. Wie stehen Sie zu Nachtarbeit, Schichtarbeit, Wochenendarbeit, Gleitzeit, Teilzeit, Überstunden usw.? Zu den sonstigen Konditionen zählen z. B. die Dauer der Probezeit, Urlaubsregelung, Befristung des Arbeitsvertrags, Frauen- und Familienförderprogramme usw.

Die Ausstattung Ihres Arbeitsplatzes

Hier geht es nicht um Blümchen und eine schöne Aussicht aus dem Bürofenster. Vielmehr sollten Sie prüfen, wie wichtig oder unwichtig Ihnen der Umgang Ihres Betriebes mit Sicherheits- und Gesundheitsvorschriften ist. Vielleicht liegt Ihnen auch viel daran, dass der Betrieb mit modernen Arbeitsmitteln ausgestattet ist, damit Sie nicht den Anschluss verpassen.

Die Kollegen

Sie werden in aller Regel nicht allein arbeiten. Haben Sie bestimmte unumstößliche Vorstellungen von Ihren künftigen Mitarbeitern, z. B. von der Größe der Abteilung, dem Durchschnittsalter, der Atmosphäre (Stichwort: Mobbing), der Rangordnung, dem Vorrang für Team- oder Einzelarbeit, dem Frauenanteil im Betrieb? Oder ist Ihnen das weniger wichtig?

Vorgesetzte und Geschäftsführung

Eine ganz besondere Art von Mitarbeitern sind Chefs. Meinen Sie, dass Ihre direkte Vorgesetzte oder Ihr Vorgesetzter bestimmte Qualitäten aufweisen muss, damit Sie mit ihr oder ihm zusammenarbeiten können? Haben Sie feste Vorstellungen vom herrschenden Führungsstil? Ist Ihnen das Geschäftsgebaren der Betriebsleitung und damit das Image von Betrieb und Branche sehr wichtig?

Wirtschaftliche Aussichten von Betrieb und Branche

Für viele spielen auch sichere Zukunftsaussichten eine wichtige Rolle. Legen Sie Wert darauf, in einem soliden und aufstrebenden Betrieb zu arbeiten? Soll die Branche krisenbeständig bzw. ein Boom-Bereich sein? Oder legen Sie persönlich nicht so viel Wert auf Sicherheit?

Auswirkungen auf Freundeskreis und Familie

Wie kämen Sie persönlich mit der Situation zurecht, wenn Sie in einer fremden Stadt arbeiten müssten und zeitweilig oder auf Dauer von Ihrem gewohnten Freundeskreis und Ihrer Familie, Ihrem Partner getrennt würden? Sind Sie eher ein mobiler Typ oder ist Ihnen Ihr gewohntes Umfeld sehr wichtig?
Hier kommt es besonders auf eine ehrliche Antwort an. Bedenken Sie aber, dass Sie mit räumlicher Mobilität Ihre Chancen fördern.

Der Arbeitsort

Ist Ihnen gleichgültig, in welcher Stadt Sie arbeiten, oder haben Sie konkrete Vorstellungen? Auch Forderungen an den Lebensstandort, von denen Sie nicht abgehen wollen, gehören auf die Forderungsliste (z. B. Landschaft, Freizeitmöglichkeiten, kulturelles Angebot, Lebenshaltungskosten, Wohnungsmarkt).

Die richtige Stelle

Welche Arbeit für Sie richtig ist, zeigt sich im Prinzip am besten, wenn Sie den Katalog Ihres Angebots an den Arbeitsmarkt und den Katalog Ihrer Forderungen miteinander vergleichen.
Allerdings haben Sie so bestenfalls eine Liste der wichtigsten Merkmale, aber noch keinen Beruf oder gar eine Stelle. Es kommen stets viele Berufe und noch mehr verschiedene Stellen infrage.

Bei der Frage Ihrer persönlichen *Berufswahl* kann Ihnen dieser Bewerbungsratgeber nicht viel weiterhelfen. Um zu klären, welche Berufe zu Ihrem Angebots- und Forderungsprofil passen, benötigen Sie darüber hinausgehenden Rat. Hier gilt ganz besonders die Empfehlung Personen Ihres Vertrauens zu Rate zu ziehen: Eltern, Freunde, Lehrer, Ausbilder. Nehmen Sie die Hilfe von Berufsberatern in Anspruch. Nehmen Sie gegebenenfalls sogar an psychologischen Eignungstests teil. Vielleicht müssen Sie auf diese Hilfe auch bei der Aufstellung Ihres persönlichen Angebots- und Forderungskatalogs zurückgreifen: Sie werden wahrscheinlich gemerkt haben, dass es gar nicht so leicht ist zu formulieren, was man zu bieten hat und erst recht welche Forderungen an eine Stelle persönlich unabdingbar erscheinen.

Noch etwas ist an dieser Stelle wichtig: mögliche Anpassungen Ihres Angebots- und Ihres Forderungskatalogs. Zunächst zum *Forderungskatalog.* Grundsätzlich werden Ihre Aussichten eine Stelle zu finden umso besser, je anspruchsloser Sie in Ihren Forderungen werden. (Sie sind bereit eine beliebige Tätigkeit anzunehmen, Abstriche beim Einkommen zu akzeptieren, zu ungünstigen Zeiten zu arbeiten usw.) Ihre Chancen verbessern sich tendenziell, wenn Sie auf Branchen oder Betriebe ausweichen, wo die Nachfrage geringer ist. Eine Grenze für solche Kompromisse können nur Sie persönlich ziehen. Auf bestimmte Forderungen können Sie nicht verzichten, weil sonst die Arbeit, die Sie leisten, weder Sie noch Ihren Arbeitgeber zufrieden stellen wird. Unter dieser Voraussetzung sollten Sie sorgfältig prüfen, wie weit Sie von Ihrem „Traumjob“ abzurücken bereit sind.

Auf der anderen Seite ist aber auch Ihr *Angebotskatalog* nicht unveränderbar. Auch hier sollten Sie gegebenenfalls prüfen, ob Sie Anpassungen vornehmen können. Konkret heißt das: Verbesserung Ihrer Ausbildung, Erwerb von Zusatzqualifikationen, praktische Erfahrungen sammeln usw., beispielsweise durch Praktika, Volontariate, Ferienjobs, Schreibmaschinen- und Computerlehrgänge, Sprachkurse und Ähnliches. Grundsätzlich könnten Sie bei Ihren Überlegungen natürlich auch zu dem Ergebnis kommen, dass für Sie vor allem eine selbstständige Tätigkeit infrage kommt.

Wege für die Stellensuche

Für die Stellensuche stehen Ihnen viele Wege offen:

- die Inanspruchnahme einer Arbeitsvermittlung (insbesondere des Arbeitsamts),
- die Veröffentlichung eines eigenen Stellengesuchs,
- die Bewerbung auf ausgeschriebene Stellenangebote,
- freie Bewerbungen, ohne vorliegendes Stellenangebot.

Für die Bewerbung selbst haben Sie grundsätzlich folgende Möglichkeiten:

- die direkte persönliche Vorstellung bei einem Arbeitgeber,
- telefonische Anfragen,
- die schriftliche Kurzbewerbung,
- die vollständige schriftliche Bewerbung.

Die Methoden sind natürlich nicht gleichwertig. Jedes Verfahren hat Vor- und Nachteile und ist je nach Situation besser oder weniger gut geeignet. Nutzen Sie angesichts eines knappen Stellenangebots alle Möglichkeiten, die Erfolg versprechen könnten. Eine zentrale Rolle werden dabei für Sie als Berufsanfänger freie Bewerbungen spielen. Vor allem: Beginnen Sie frühzeitig! Angesichts langer Bearbeitungszeiten sollten Sie Ihre ersten Bewerbungen ruhig schon ein Jahr vor Ihrem voraussichtlichen Ausbildungsabschluss bzw. geplanten Arbeitsbeginn schreiben.

Arbeitsvermittlung

Den für Sie kostenlosen Vermittlungsdienst des *Arbeitsamtes* sollten Sie auf jeden Fall in Anspruch nehmen. Ihr Vermittlungswunsch wird im Computer des Arbeitsamts gespeichert, auf dessen Daten Unternehmen und viele Behörden bei Bedarf zurückgreifen. Nach freien Stellen, die Betriebe gemeldet haben, können sie dort auch selbst suchen. Leider sind bei weitem nicht alle freien Stellen dort gemeldet. Umgekehrt erscheinen mitunter Stellen noch als frei, die in Wirklichkeit längst besetzt sind. Wichtig ist vor allem, dass Sie sich nicht nur passiv vermitteln lassen wollen, sondern aktiv *mitwirken.* Unterstützen Sie Ihre Vermittlerin oder Ihren Vermittler, indem Sie ihnen den gesamten Katalog Ihres

Angebots präsentieren. Auch Ihre Forderungen an eine Stelle sollten Sie deutlich machen. Vertrauen Sie nicht darauf, dass die Dinge schon ihren Gang gehen werden, nachdem Sie sich einmal gemeldet haben. Fragen Sie immer wieder nach und melden Sie sich regelmäßig bei Ihrem Vermittler. Ihr Eifer und Ihr persönliches Engagement wirken ansteckend. Wirken Sie an der Formulierung mit, wenn Ihre Berater ein Stellengesuch für Sie aufsetzen.
Private Arbeitsvermittler sind in der Regel auf die Vermittlung von Fach- und Führungskräften spezialisiert. Direkt nach Abschluss von Schulausbildung oder Lehre dürfte ihre Inanspruchnahme in der Regel also wenig Erfolg versprechen. Bei Hochschulabsolventen kann es mitunter schon anders aussehen, sofern sie besonders gefragte Qualifikationen anzubieten haben.

TIPP

Für Sie als Vermittlungswilligen sind die Dienste auch privater Personalberatungsunternehmen stets kostenlos. Die Kosten trägt im Erfolgsfall der suchende Betrieb.

Stellengesuch

Die Veröffentlichung eines eigenen Stellengesuchs zeugt von aktiverem Vorgehen als die Inanspruchnahme einer Arbeitsvermittlung. Zwar ist dies ein wenig gebräuchlicher Weg. Dennoch bietet auch diese Methode Chancen. So geben manche Betriebe nie selbst Stellenangebote auf, sondern decken ihren Personalbedarf immer auf anderen Wegen. Und wenn Ihre Anzeige gelesen wird, dann findet sie auch viel aufmerksamere Leser als eine Bewerbung in einem großen Schwung anderer Bewerbungen. Auf jeden Fall ist ein Stellengesuch dann aussichtsreich, wenn Sie eine spezielle Qualifikation auf einem bestimmten Fachgebiet anbieten können. Dies kann durchaus bereits für Hochschulabsolventen mit einem gefragten Schwerpunkt zutreffen.
Ganz wichtig ist, dass Sie Ihr Stellengesuch gezielt im *richtigen Medium* veröffentlichen, am besten in der für Ihren Bereich wichtigsten Fachpublikation. Für die Auswahl der richtigen Zeitung, Zeitschrift oder Onlinedatenbank gelten dieselben Überlegungen wie bei der Suche nach Stellenangeboten (siehe Seite 18).
In seiner *Formulierung* ist ein Stellengesuch nichts anderes als ein extrem kurz gefasstes Bewerbungsschreiben mit Lebenslauf an einen unbekannten Empfänger. Sicher wissen Sie selbst, dass es sehr viel schwieriger ist einen

sehr kurzen als einen langen Text mit derselben Aussage zu schreiben. Deshalb sollten Sie Ihr Stellengesuch erst formulieren, nachdem Sie die Kapitel „Bewerbungsschreiben“ (Seite 26) und „Lebenslauf“ (Seite 38) in diesem Ratgeber gelesen haben.
Inhaltlich muss das Stellengesuch in Kurzform das Wichtigste zu Ihrer Person, Ihr Angebot an einen Arbeitgeber und Ihre Vorstellungen an eine Stelle enthalten. Dabei muss es für Sie werben: Aufmerksamkeit erregen, Interesse wecken, Nutzen versprechen. Betonen Sie nicht zu stark Ihre eigene Warte, sondern orientieren Sie sich am Interesse des Lesers. Übertriebene Originalität bringt meist nichts – die meisten Betriebe sind eher konservativ. Als Schlagzeile eignet sich Ihre Berufsbezeichnung oder besser noch die angestrebte Position. Vermeiden Sie in jedem Fall unverständliche Abkürzungen.
Das unten abgedruckte Beispiel zeigt, wie ein Stellengesuch formuliert sein könnte.
Am besten lassen Sie die Zeitung zur *Kontaktaufnahme* eine Chiffrenummer nennen, damit Sie nicht mit der Veröffentlichung Ihrer vollen Anschrift Missbrauchsmöglichkeiten schaffen. Interessenten schreiben dann unter Angabe der Chiffre an die Zeitung, die die Post an Sie weiterleitet. Wenn Sie Ihre Telefonnummer nennen, müssen Sie für ständige Erreichbarkeit Sorge tragen. Meldet sich ein Interessent, wird er Sie in der Regel zunächst zum Einreichen einer vollständigen Bewerbung auffordern. Halten Sie für diesen Zweck am besten einige vollständige Sätze Bewerbungsunterlagen bereit.

Diplom-Volkswirtin

28 Jahre, ledig, nicht ortsgebunden

Studium:	Uni Köln und München, 9 Semester, Diplom 6/99, Abschluss „sehr gut“
Schwerpunkte:	Bankbetriebslehre, Finanzierung
Berufserfahrung:	Banklehre, Einsätze im Schalter-, Kundenberatungs- und Kreditbereich einer Bank in den Semesterferien, Assistententätigkeit am Lehrstuhl für Bankbetriebslehre der Uni München
Kenntnisse:	PC-Erfahrung, fließend Englisch und Französisch

Suche Einstiegsposition im Kreditbereich eines international tätigen Finanzunternehmens.

Zuschriften bitte unter

Stellenangebote

Die Suche nach Stellenangeboten und ihre Auswertung machen einen zentralen Bestandteil Ihrer Bewerbungsaktivitäten aus. Die Hauptfragen lauten dabei: Wo finde ich die für mich interessanten Stellenanzeigen? Und auf welche Angebote kann ich mich als Berufsanfänger bewerben?

Wo finde ich Stellenangebote?

Mögliche Fundorte für Stellenangebote sind

- Zeitungen (regionale, überregionale, Wochenblätter),
- Fachzeitschriften,
- Onlinedienste,
- schwarze Bretter.

Leider gibt es keinen zentralen Ort, an dem Sie alle Stellenangebote fänden. Hier hilft nur möglichst umfassende, aber gezielte Information, damit Sie nicht gerade das für Sie entscheidende Angebot übersehen. Mehr über die Auswahl der für Sie wichtigen Fundstellen sagen Ihnen die folgenden Absätze.

Zeitungen

Tageszeitungen veröffentlichen Stellenanzeigen traditionell in ihren Samstagsausgaben, in geringerem Umfang zusätzlich oft mittwochs. *Regionale Zeitungen* sind für Sie interessant, wenn Sie nach Abschluss Ihrer Schulzeit oder einer Lehre eine Stelle suchen, aber auch wenn Sie als Hochschulabsolvent in einer bestimmten Region tätig werden wollen. Jeder Zeitschriftenhändler kann Ihnen sagen, welche die für seine Region relevanten Blätter sind. Der Stellenteil von *überregionalen Blättern* wie der „Frankfurter Allgemeinen" oder der „Süddeutschen Zeitung" ist in erster Linie für Hochschulabgänger von Bedeutung. Dasselbe gilt für *Wochenzeitungen* wie „Die Zeit". Scheuen Sie keinesfalls die Ausgaben für den allwöchentlichen Kauf der für Sie bedeutsamen Zeitungen. Das Geld ist gut investiert. Mit der Zeit werden Sie die Erfahrung machen, auf welche Blätter Sie verzichten können und welche für Sie unerlässlich sind.

Fachzeitschriften

Einige Stellen werden ausschließlich in den Fachzeitschriften der jeweiligen Branche angeboten. Sie richten sich in erster Linie an Spezialisten mit fachspezifischer Berufserfahrung. Doch auch Hochschulabsolventen können ohne weiteres hier fündig werden. Und sogar schon nach Abschluss einer Berufsausbildung kann sich das Studium von Fachzeitschriften für Sie lohnen.
Leider ist das Angebot an Fachzeitschriften unübersehbar groß. Deshalb sollten Sie zunächst versuchen sich genauer zu informieren:

- Bereits Ihr Zeitschriftenhändler kann Ihnen einige Hinweise geben.

- Mitarbeiterinnen und Mitarbeiter in Bibliotheken sind sehr gut ausgebildet und hilfsbereit.
- Fragen Sie Industrie- und Handelskammern bzw. Handwerkskammern.
- Innungen, Verbände und Gewerkschaften können Auskunft geben.
- Auch bei Betrieben der betreffenden Branche können Sie sich erkundigen.
- Vielleicht gibt es Branchenkenner in Ihrem Bekanntenkreis.

Meist sind Fachzeitschriften recht teuer. Aber auch hier sollten Sie nicht an der falschen Stelle sparen. Zudem liegen viele Fachzeitschriften auch in Bibliotheken aus, wo Sie interessante Anzeigen kopieren können.

Onlinedienste

Zunehmend werden auch die elektronischen Medien zur Veröffentlichung von Stellenangeboten genutzt. Von besonderer Bedeutung ist der schon erwähnte Computer des Arbeitsamts. Wenn Sie keinen eigenen Zugang zu einem Onlinedienst haben, können Sie in einem der zunehmend verbreiteten Internet-Cafés auf die elektronische Suche gehen.

Schwarze Bretter

Ein traditionelles Verfahren ist das Angebot von freien Stellen an schwarzen Brettern vor dem Werkstor, auf Aushängen im Schaufenster usw. Halten Sie also die Augen offen, wenn Sie durch Ihre Stadt fahren bzw. laufen. Kenntnis über Positionen, die an betriebsinternen schwarzen Brettern ausgeschrieben werden, können Sie wohl nur erhalten, wenn Sie Mitarbeiter des jeweiligen Betriebes kennen; meist sind diese Stellen jedoch den bereits Beschäftigten vorbehalten.

Auswahl der Stellenangebote

Bei der Auswertung von Stellenangeboten zeigt sich der Wert des aufgestellten Angebots- und Forderungskatalogs.
Zunächst erscheinen viele Anzeigen sehr ansprechend. Doch wenn Sie dann Punkt für Punkt mit den *Forderungen* vergleichen, die Sie selbst an Ihre neue Position stellen, werden Sie oft Unstimmigkeiten feststellen, die Sie beim ersten Lesen übersehen hatten (beispielsweise dass Sie zum Einsatz Ihrer Fremdsprachenkenntnisse gar keine Gelegenheit haben werden, was für Sie eine wesentliche Voraussetzung gewesen wäre). So reduziert sich die Zahl der Anzeigen, auf die eine Bewerbung lohnt. Angesichts des hohen Aufwands, der für jede Erfolg versprechende Bewerbung unerlässlich ist, ist eine solche Vorauswahl äußerst wertvoll.
Auf der anderen Seite stellt sich die Frage, zu welchen Anzeigen Ihr persönlicher *Angebotskatalog* passt. Angesichts der zahlreichen Konkurrenz lohnt eine Bewerbung nur auf solche Anzeigen, deren Bedingungen Sie wirklich erfüllen können. Das Problem ist nur: Nicht allen Stellen-

anbietern gelingt es, die Anzeige wirklich aussagekräftig und zutreffend zu formulieren. So finden Sie Anzeigentexte, denen man wirklich gar nichts Konkretes entnehmen kann. Oder es werden völlig überzogene Qualifikationen gefordert, die für die zu besetzende Stelle überhaupt nicht erforderlich sind; in Wirklichkeit könnten Sie die Position mit Ihren abweichenden Qualifikationen bestens ausfüllen.
Leider müssen Sie mit dem auskommen, was Sie lesen. Was also tun? Bewerben Sie sich um jede ausgeschriebene Stelle, die Sie Ihrer Meinung nach mit Ihrer Qualifikation ausfüllen könnten. Trauen Sie sich dabei eher zu viel als zu wenig zu. Wenn Sie eine ganz konkret geforderte Qualifikation nicht aufweisen können, sollten Sie die Leistung, mit der Sie den Mangel Ihrer Meinung nach gut ausgleichen können, im Bewerbungsschreiben eigens herausstreichen (siehe Seite 26). Auf keinen Fall sollten Sie sich als Frau von Stellenangeboten abschrecken lassen, die – rechtswidrig – nur für Männer formuliert sind. Schließlich wollen Sie nicht in der Personalabteilung anfangen, die diese schlechte Anzeige aufgesetzt hat, und in der Fachabteilung kann eine ganz andere Atmosphäre herrschen.
Die für Sie infrage kommenden Angebote sollten Sie ausschneiden bzw. kopieren. Notieren Sie Zeitung und Datum auf dem Ausschnitt, damit Sie sich in der Bewerbung darauf beziehen können. Heben Sie die Anzeige gut auf, damit Sie gegebenenfalls vor einem Vorstellungsgespräch noch einmal darauf zurückgreifen können. Ist in der Anzeige nichts anderes gesagt, wird eine vollständige Bewerbung mit Anschreiben, Lebenslauf und Anlagen erwartet. Ihre Bewerbung sollte dem Empfänger spätestens nach 14 Tagen vorliegen.

Freie Bewerbungen

Freie Bewerbungen – auch Blindbewerbungen genannt – spielen für Berufsanfänger eine besonders große Rolle. Lehrstellen beispielsweise werden oft nicht besonders ausgeschrieben, sondern es ist üblich Betriebe einfach anzuschreiben, die vermutlich ausbilden. Ähnliches gilt für die Suche nach einer Traineestelle nach dem Studium, einer Art Probelauf durch die Abteilungen für Hochschulabsolventen. Solche Stellen werden oft kontinuierlich übers ganze Jahr angeboten.
Aber auch wenn Sie direkt in einer Fachposition anfangen möchten (bei Hochschulabsolventen spricht man hier von Training on the job),

können Sie ohne weiteres die Betriebe der für Sie interessanten Branche anschreiben, auch wenn Ihnen kein regelrechtes Stellenangebot vorliegt.
Natürlich müssen Sie hier mit einer viel höheren Absagequote rechnen als bei Bewerbungen auf Anzeigen. Schließlich wissen Sie nie, ob der Betrieb überhaupt tatsächlich eine Stelle anzubieten hat. Andererseits können Sie aber auch das Glück haben, dass Ihre Bewerbung gerade dann in einem Betrieb eintrifft, wenn eine Stelle zu vergeben ist, es aber bisher aus verschiedenen Gründen noch nicht zu einer Ausschreibung gekommen ist. Außerdem wird Eigeninitiative von vielen Unternehmen geschätzt. Und genau diese Eigeninitiative beweisen Sie mit einer freien Bewerbung.

FAZIT

Zunächst müssen Sie sich möglichst umfassend informieren, welche Betriebe Sie überhaupt mit Ihren Bewerbungen bedenken können. Dann müssen Sie in einer groß angelegten Bewerbungskampagne möglichst viele Betriebe anschreiben, weil die Trefferquote ziemlich niedrig liegen wird. Sie sollten diesen hohen Aufwand aber nicht scheuen, denn für Berufsanfänger ist die Methode freier Bewerbungen durchaus eine der Erfolg versprechendsten.

Geeignete Betriebe finden

Das Hauptproblem besteht zunächst wahrscheinlich darin, überhaupt an Adressen von Betrieben zu kommen, bei denen Sie sich bewerben könnten. Doch es gibt die verschiedensten Informationsquellen, die Sie systematisch ausschöpfen sollten:

- Telefon- und Adressbücher,
- Nachschlagewerke über Betriebe und Branchen,
- Kammern und Verbände,
- das Handelsregister,
- Zeitungen, Fachzeitschriften und andere Medien,
- Ihr Bekanntenkreis,
- Ihre eigenen Erfahrungen,
- Messen, Tagungen, Ausstellungen, Betriebsbesichtigungen.

Telefon- und Adressbücher

Gerade für die Suche nach Lehrstellen oder für Bewerbungen in einer ganz bestimmten Region sind die „Gelben Seiten“ oder Adressbücher durchaus ein erster Einstieg um Betriebe der Sie interessierenden Branche zu finden (Unternehmen und Behörden).

Nachschlagewerke über Betriebe und Branchen

Es gibt verschiedene geeignete Handbücher. Adressen von Großbetrieben liefert Ihnen beispielsweise das Unternehmenshandbuch von Hoppenstedt. Daneben existieren Nachschlagewerke über einzelne Branchen und Regionen bis hin zu einzelnen Betrieben. Erkundigen Sie sich am besten im Buchhandel (die Werke sind allerdings oft sehr teuer), in Bibliotheken (dort wird Ihnen bereitwillig geholfen) oder bei Kammern und Verbänden. In Bibliotheken können Sie die Sie interessierenden Seiten auch oft kopieren.

Kammern und Verbände

Die Industrie- und Handelskammern bzw. die Handwerkskammern vertreten alle Betriebe ihrer jeweiligen Region. Darüber hinaus können Sie sich eventuell auch an spezielle Innungen und Berufsverbände und an Gewerkschaften wenden. Manche dieser Einrichtungen versenden Broschüren oder Sie bekommen telefonisch oder persönlich Auskunft.

Das Handelsregister

Das Handelsregister beim Amtsgericht verzeichnet alle Unternehmen seines Bezirks. Sie haben das Recht zur Einsicht. Wenn Sie also ganz systematisch suchen wollen, können Sie auch dort nachsehen.

Zeitungen, Fachzeitschriften und andere Medien

Verfolgen Sie auch die Informationen in den Medien auf der Suche nach Ihrem potenziellen Arbeitgeber. Dabei sollten Sie Ihr Augenmerk besonders auf den redaktionellen Teil (insbesondere den Wirtschaftsteil) richten, aber auch auf die Werbung (oft werden z. B. Geschäftsberichte veröffentlicht) und sogar auf den Stellenteil. Auch wenn die inserierte Stelle nichts für Sie ist, so kommt vielleicht doch der Arbeitgeber infrage, dessen vollständige Adresse Sie hier finden.

Ihr Bekanntenkreis

Fragen Sie auch in Ihrem persönlichen Bekanntenkreis: Eltern und Verwandte, berufstätige Bekannte, Lehrer, Ausbilder, Freunde. Vielleicht hat jemand gute Ideen oder sogar Kontakte.

Ihre eigenen Erfahrungen

Haben Sie selbst vielleicht bereits erste berufliche Erfahrungen? Gibt es in diesem Bereich Kontakte, die Sie reaktivieren könnten? Denken Sie an Praktika, Volontariate, Ferienjobs, Ihren ehemaligen Ausbildungsbetrieb, Diplomarbeiten in Zusammenarbeit mit Firmen usw.

Messen, Tagungen, Ausstellungen, Betriebsbesichtigungen

Wenn Sie kontaktfreudig sind, versuchen Sie doch einfach auf Messen, Tagungen, Ausstellungen oder bei Betriebsbesichtigungen mit Vertretern von Betrieben ins Gespräch zu kommen. Zum einen können Sie wertvolle Informationen erhalten. Zum anderen können Sie sich in späteren Bewerbungen womöglich sogar auf das Gespräch und Ihre Gesprächspartner beziehen um sich aus der Masse der Bewerber herauszuheben. Achten Sie darauf, welche Veranstaltungen im Umkreis Ihrer Stadt stattfinden (z. B. Universität, Stadthalle, Betriebsbesichtigungen usw.). Mitunter ist es gar nicht so schwierig Zugang zu erhalten.

Eine regelrechte Bewerbungskampagne

Der nächste Schritt besteht üblicherweise aus Bewerbungen mit Anschreiben, Lebenslauf und Anlagen. Oft können Sie für solche freien Bewerbungsaktionen auch die weniger aufwändigen Kurzbewerbungen nutzen.
Folgendes ist dabei wichtig: Auch wenn es sich um eine groß angelegte Bewerbungskampagne handelt, müssen Sie jede einzelne Bewerbung genau auf den jeweiligen Betrieb zuschneiden. Für jeden Betrieb ist eine Personaleinstellung eine teure Investition in die Zukunft; dafür erwartet er auf jeden Fall, dass Sie sich speziell für ihn interessieren. Offensichtlich kopierte Standardanschreiben, bei denen Sie womöglich sogar noch vergessen haben die richtige Adresse einzusetzen, vermitteln einen gegenteiligen Eindruck.
Wenn Sie das Anschreiben individuell an einen Betrieb richten, fällt nicht auf, dass der angeschriebene Betrieb nur einer von vielen ist. Der Empfänger sieht nur diese konkrete Bewerbung und vielleicht hat ja gerade dieses Unternehmen oder diese Behörde etwas für Sie. Denken Sie daran: Der Betrieb hat um Ihre Bewerbung schließlich nicht gebeten. Legen Sie sich also für jede einzelne Stelle voll ins Zeug. Auf Dauer haben Sie damit Erfolg!

Direkte persönliche Vorstellung

Zur Bewerbung um eine Stelle einfach bei dem möglichen Arbeitgeber vorbeizugehen ist eine Möglichkeit, die nur bei einfachen Jobs, Aushilfsarbeiten, Ferienarbeit usw. infrage kommt oder dann, wenn Sie zu diesem Vorgehen aufgefordert werden. In diesem Fall findet praktisch direkt ein Vorstellungsgespräch statt, wie es sonst am Ende eines längeren schriftlichen Bewerbungsprozesses üblich ist (siehe Seite 59).

Telefonische Anfragen

Auch telefonisch werden Sie sich im Normalfall nicht um eine Stelle bewerben können, es sei denn, Sie werden dazu aufgefordert. Dennoch kann das Telefon bei Ihren Bewerbungsaktivitäten eine wichtige Rolle spielen, und zwar sowohl später vor einem Vorstellungsgespräch als auch jetzt vor Ihrer Bewerbung. Vor einer schriftlichen Bewerbung kann es Ihnen vor allem zu Voranfragen und zur Herstellung eines persönlichen Kontakts dienen.

In Stellenanzeigen wird manchmal eine telefonische Kontaktaufnahme vor der Bewerbung angeboten. In anderen Fällen, auch vor freien Bewerbungen, müssen Sie allerdings auch mit der Möglichkeit rechnen, dass Anrufe unerwünscht sind, weil der Betriebsablauf gestört wird. Dann müssen Sie Chancen und Risiken eines Anrufs abwägen. Die folgenden Vorteile kann ein vorheriger Anruf bieten:

- Sie können klären, inwieweit Ihre Forderungen an eine Stelle erfüllt werden und ob umgekehrt der Betrieb unabdingbare Ansprüche an Ihre Qualifikation hat, die Sie möglicherweise nicht erfüllen können. So sparen Sie sich gegebenenfalls den Aufwand einer schriftlichen Bewerbung.
- Am Telefon erhalten Sie sofort eine Rückmeldung, können flexibel reagieren und so z. B. feststellen, dass eine Ihrer Vorstellungen nicht erfüllt, aber durch eine gleichwertige ersetzt wird, an die Sie gar nicht gedacht hätten (weniger Gehalt, aber gute Sozialleistungen).
- Wenn Sie geschickt vorgehen, können Sie gleich einen guten Vorabkontakt herstellen, auf den Sie sich in Ihrer Bewerbung beziehen können. Ihrer Telefonpartnerin oder Ihrem Telefonpartner wird es dann wahrscheinlich weniger leicht fallen Ihre Bewerbung einfach als ungeeignet auszusortieren.

Schriftliche Kurzbewerbung

Eine Aufwand sparende schriftliche Kurzbewerbung (bestehend nur aus Anschreiben und Lebenslauf) können Sie in den folgenden Fällen einsetzen:

- Sie führen eine Kampagne freier Bewerbungen durch. Beide Seiten sparen Aufwand: Sie wissen ja nicht einmal, ob Ihr Adressat überhaupt Personaleinstellungen plant, und dieser hat um Ihre Bewerbung nicht gebeten und will vermutlich keinen dicken Stapel unverlangter Unterlagen lesen, eine kurze Anfrage aber vielleicht durchaus.

- Sie sind aufgrund von Urlaub oder Krankheit gezwungen, eine Bewerbung vorläufig unvollständig einzureichen, damit sie rechtzeitig eintrifft, und kündigen schnellstmögliches Nachreichen der Unterlagen an.
- Sie werden zu einer Kurzbewerbung aufgefordert.

Geben Sie aber niemals auf eine reguläre Ausschreibung bzw. ein normales Stellenangebot eine Kurzbewerbung ab mit dem freundlichen Hinweis bei Interesse die fehlenden Unterlagen zuzusenden! Sie erhalten sofort eine Absage, weil dem Stellenanbieter genügend vollständige Bewerbungen vorliegen. Das Gleiche gilt bei der Bewerbung um Lehrstellen oder Traineepositionen, bei denen Sie sich zwar unaufgefordert bewerben, es aber trotzdem mit einer großen Zahl Konkurrenten mit vollständigen Unterlagen zu tun haben und vollständige Bewerbungen einfach erwartet werden.

Wie sieht eine solche Kurzbewerbung aus? In Form eines Anschreibens (siehe Seite 26) präsentieren Sie auf einen Blick sämtliche Glanzlichter Ihrer Qualifikation als Angebot an den Betrieb sowie kurz Ihre wichtigsten Vorstellungen von der Stelle. Ein Lebenslauf (siehe Seite 38) nennt die wichtigsten Stationen Ihres Werdegangs im Hinblick auf die angepeilte Stelle. In Ausnahmefällen können Sie die wichtigsten Stationen Ihres Lebenslaufs sogar ins Anschreiben integrieren. Ihre Bewerbung enthält somit alle Informationen, die der Stellenanbieter benötigt, jedoch keine weiteren Unterlagen wie Zeugniskopien usw. (einzelne besonders überzeugende Unterlagen können Sie natürlich gegebenenfalls beilegen). Falls Ihr Schreiben das Interesse des Stellenanbieters weckt, wird dieser Sie zum Einreichen weiterer Unterlagen auffordern. Ihre Bereitschaft dazu sollten Sie stets in Ihrem Schreiben ausdrücken.

Vollständige schriftliche Bewerbung

Eine vollständige schriftliche Bewerbung ist die normale Form der Bewerbung. Sie sollten Sie immer dann einreichen, wenn nichts anderes vereinbart wurde, insbesondere dann, wenn Sie in einem Stellenangebot zur Bewerbung „mit den üblichen Unterlagen“ aufgefordert werden oder die Anzeige gar nichts über die gewünschten Unterlagen sagt. Die vollständigen Bewerbungsunterlagen bestehen aus

- Bewerbungsschreiben,
- Lebenslauf mit Lichtbild,
- weiteren Anlagen (Zeugnisse, Bescheinigungen usw.).

Das Bewerbungsschreiben

Wie wird Ihr Bewerbungsschreiben beim Empfänger eigentlich ausgewertet, wozu dient es überhaupt? Wenn Sie sich das klargemacht haben, wird Ihr Schreiben gleich viel zielgerichteter. Was sollte demzufolge inhaltlich in Ihrem Bewerbungsschreiben stehen? Und wie bringen Sie diesen Inhalt am besten in eine den Regeln für Geschäftsbriefe entsprechende Form? Diese Fragen beantwortet dieses Kapitel.

Die Funktion des Anschreibens

Mit Ihrem Bewerbungsschreiben stellen Sie den ersten Kontakt zu einem möglichen Arbeitgeber her. Er kennt Sie nicht, all Ihre Eigenschaften, Fähigkeiten, Kenntnisse und Erfahrungen erscheinen für ihn zunächst auf diesem einen Bogen Papier zusammengefasst. Von sämtlichen mitgeschickten Unterlagen werden nur das Anschreiben und der Lebenslauf mit Sicherheit gelesen.
Die Arbeitsstelle wird noch nicht aufgrund der schriftlichen Bewerbung vergeben. Was Sie mit der Bewerbung erreichen können, ist die Einladung zu einem persönlichen Vorsprechen: Mitunter sind dabei zunächst Eignungstests vorgesehen, die endgültige Entscheidung fällt immer in einem Vorstellungsgespräch.
Erster Leser Ihrer Bewerbung ist meist eine Bearbeiterin oder ein Bearbeiter in der Personalabteilung, in kleineren Betrieben geht die Bewerbung mitunter auch gleich an die zuständige Fachabteilung. Oft lässt es sich auch die Chefin oder der Chef persönlich nicht nehmen alle eingehenden Bewerbungen selbst zu sichten. In einer ersten Auswahl wird ein großer Teil der Bewerbungen bereits anhand von recht groben Kriterien aussortiert: Grundsätzlich interessant? Erforderlicher Schulabschluss vorhanden? Durchschnittsnote? Offensichtlich unter- oder überqualifiziert? Zu jung, zu alt? Ordentlicher Gesamteindruck? Reichen die vorgelegten Unterlagen für eine Beurteilung? Aufgrund der großen Flut von Bewerbungen, mit denen Betriebe heute konfrontiert werden, erfolgt dieser Durchgang in großer Eile, die Unterlagen werden nur sehr flüchtig gelesen; es kann sein, dass Ihrer ganzen Bewerbung hier nur zwei,

drei Minuten gewidmet werden. Nur die anschließend noch interessant erscheinenden Bewerbungen werden in einer zweiten Runde einer genaueren Durchsicht unterzogen. Hier tritt dann die Bedeutung des Anschreibens gegenüber Lebenslauf und Anlagen in den Hintergrund.

Ob Sie wollen oder nicht: Mit Ihrer Bewerbung betreiben Sie Werbung in eigener Sache. Werbung bedeutet Aufmerksamkeit zu erregen, Interesse zu wecken und schließlich zur gewünschten Reaktion zu bewegen, hier also persönlich eingeladen zu werden. Da es sich bei einer Personaleinstellung für einen Betrieb um eine teure Zukunftsinvestition handelt, werden Sie die Reaktion nicht mit noch so schönen Worten, sondern nur mit sachlichem Überzeugen erreichen. Ihre Einstellung muss dem Betrieb Nutzen versprechen und um ausgewählt zu werden muss Ihre Bewerbung dem Betrieb am besten einen Zusatznutzen gegenüber Ihren Mitbewerbern versprechen.

Dem Anschreiben kommt dabei vor allem die Rolle zu Aufmerksamkeit zu erregen und Interesse zu wecken (für die Prüfung des versprochenen Nutzens spielt der Lebenslauf eine größere Rolle). Wichtig ist dabei vor allem: Alles muss auf einen Blick klar erkennbar sein. Sagen Sie alles deutlich, deuten Sie nichts nur zwischen den Zeilen an, erwarten Sie nicht, dass Feinheiten entdeckt werden. Dafür wird Ihre Bewerbung viel zu flüchtig gelesen. Bei allem, was Sie zu sagen haben, sollten Sie sich kurz fassen, denn kein Bearbeiter ist bereit ein Anschreiben zu lesen, das länger als eine Seite ist.

Der Inhalt der Bewerbung

Das Interesse des Empfängers richtet sich auf die Kenntnisse, Fähigkeiten, Eigenschaften und Erfahrungen, die Sie auf Ihrem bisherigen Lebensweg erworben haben. Machen Sie jetzt aber nicht den Fehler einfach Ihren gesamten Lebenslauf noch einmal im Anschreiben zu wiederholen. Wenn der Stellenanbieter interessiert ist, kann er das alles im beiliegenden Lebenslauf nachlesen. Im Anschreiben wählen Sie aus, was Ihre Chancen am besten fördert. Bieten Sie dem möglichen Arbeitgeber nur die Glanzlichter aus Ihrem Lebenslauf, die ihm auf der angepeilten Stelle den meisten Nutzen versprechen.

Es liegt also nahe, dass Ihr gesamtes Schreiben empfängerorientiert sein sollte. Aufmerksamkeit werden Sie sicher durch Originalität erzeugen können. Aber übertreiben Sie es nicht: Die Mehrzahl der Betriebe ist eher konservativ. Interesse können Sie

beispielsweise durch einen Sie-Stil wecken: „Sie suchen“ statt „ich suche“. Und nochmals: Fassen Sie sich kurz. Kommen Sie gleich zur Sache, verzichten Sie auf weitschweifige Formulierungen, vermeiden Sie Wiederholungen.
Ihr Anschreiben hat inhaltlich die folgenden Bestandteile:

- Absenderangabe,
- Ort und Datum,
- Empfängeranschrift,
- Betreff,
- Bezug,
- Anrede,
- der eigentliche Brieftext,
- Grußformel,
- Unterschrift,
- Anlagenhinweis.

Der eigentliche Text eines Bewerbungsschreibens sollte die folgenden Elemente enthalten:

- Einleitung,
- Ihr Angebot an den Betrieb,
- Ihre Vorstellungen von der Stelle,
- Schlussabsatz.

Im Folgenden geht es zunächst darum, wie Ihre Absicht ein zielgerichtetes und empfängerorientiertes Werbeschreiben aufzusetzen inhaltlich in den einzelnen Bestandteilen seinen Ausdruck findet. Der formal korrekte Aufbau auf dem Briefbogen wird im Anschluss erklärt.

Absenderangabe

Die Angabe des Absenders mit Name und Anschrift gleich am Kopf des Briefbogens zeigt der Leserin oder dem Leser ohne langes Suchen, wer eigentlich dieses interessante Schreiben vorlegt. Ihre Telefonnummer geben Sie nur an, wenn Ihnen ein Rückruf auch wirklich willkommen ist und Sie erreichbar sind.

Ort und Datum

Die Eintragung von Ort und Datum ist eine Gepflogenheit in Geschäftsbriefen. Achten Sie darauf, dass die Daten von Anschreiben und Lebenslauf auch zueinander passen, damit Sie beim Empfänger nicht für Irritationen sorgen.

Empfängeranschrift

Ihr Briefbogen trägt auch in jedem Fall die vollständige Postanschrift des Empfängers. Zeilenweise untereinander stehen

- der genaue Name des Betriebes,
- die richtige Abteilung in korrekter Bezeichnung,
- möglichst der Name der zuständigen Person,
- Straße oder Postfach,
- Ort (nach einer Leerzeile).

Schreiben Sie den Namen des Betriebes genau so ab, wie Sie ihn beispielsweise in einem Stellenangebot geschrieben sehen. Sie sorgen sonst gleich zu Beginn für einen schlechten Eindruck.

Achten Sie darauf, ob Sie an die „Personalverwaltung“, „Personalstelle“ oder welche Abteilung auch immer schreiben müssen. Mit der richtigen Bezeichnung machen Sie einen viel besseren Eindruck. Wenn Sie nichts Näheres wissen, richten Sie Ihr Schreiben am besten an die „Personalabteilung“.
Jeder freut sich namentlich angesprochen zu werden. Versuchen Sie also möglichst den Namen der zuständigen Bearbeiter herauszufinden (Stellenanzeige, Anruf in der Telefonzentrale usw.). Und schreiben Sie die Namen auf jeden Fall richtig. Lassen Sie auch sicherheitshalber keine Doktortitel weg. Wenn Sie nicht herausfinden können, wer zuständig ist, lassen Sie diese Zeile weg. So lautet beispielsweise eine korrekte Empfängeranschrift:

Badische Bank AG
Personalabteilung
Frau Dr. Sabine Kaiser
Postfach 12 34 56

79100 Freiburg

Betreff

Der Betreff ist in einem Geschäftsbrief eine Art Überschrift für das Schreiben. Was Sie hier sagen, müssen (und sollten) Sie im Brieftext nicht mehr wiederholen. Der Betreff besteht normalerweise aus einer Zeile („Bewerbung um eine Ausbildungsstelle als Bankkauffrau“, „Ihre Anzeige in der ‚Badischen Zeitung‘ vom 7. Oktober 1999“). Eine zweite Zeile kann je nach Bedarf darunter-treten. Sie sollten übrigens kein „Betreff:“ davorsetzen, das wirkt altmodisch.

Bezug

Der Bezug erläutert Ihren Lesern, was Sie auf die Idee gebracht hat sich bei ihrem Betrieb zu bewerben (Stellenangebot, Telefonat, persönliches Gespräch, Empfehlung usw.). Im Unterschied zum Betreff hat der Bezug keinen festen Platz auf dem Briefbogen. Sie können ihn im Betreff, im Einleitungssatz oder im Text bei Ihren Erwartungen an die Stelle nennen. Auch hier sollten Sie Wiederholungen vermeiden und sich für einen Ort entscheiden. Wenn bereits ein Kontakt besteht, z. B. nach einem Telefonat, sollten Sie das auf jeden Fall als Bezug aufgreifen um sich gleich ein wenig aus der Masse der Bewerber herauszuheben.

Anrede

Ist Ihre Bewerbung an eine bestimmte Person gerichtet, die Sie in der Anschrift genannt haben, reden Sie sie hier namentlich an („Sehr geehrte Frau Dr. Kaiser“). Sie stellen so einen persönlicheren Bezug her. Haben Sie keine Ansprechpartner herausfinden können, gebrauchen Sie eine Formulierung wie „Sehr geehrte Damen und Herren“.

Einleitung Ihres Bewerbungstexts

Hier kommt es ganz besonders darauf an, dass Sie gleich die Aufmerksamkeit Ihrer Leser gewinnen und ihr Interesse für den folgenden Text wecken. Folgende Möglichkeiten haben Sie für einen Einstieg: Sie sagen, dass Sie sich bewerben, für welche Stelle Sie sich bewerben oder was Sie auf die Idee zur Bewerbung gebracht hat (Bezug).
Der Einleitungsabsatz eignet sich um durch einen originellen Auftakt auf sich aufmerksam zu machen. Auf jeden Fall sollten Sie aber vermeiden krampfhaft witzig oder gar aufdringlich oder unverschämt zu erscheinen. Wählen Sie im Zweifelsfall lieber einen sachlichen Einleitungssatz, der ohne Umschweife auf den Punkt kommt, beispielsweise:

> der Leiter Ihrer Auslandsabteilung, Herr Bremer, teilte mir mit, ...
>
> aus einem Artikel in der Fachzeitschrift „WiSo" habe ich erfahren, dass Sie jedes Jahr Traineestellen für Hochschulabsolventen anbieten.
>
> in der „Frankfurter Allgemeinen Zeitung" vom 1. August 1999 suchen Sie ...

Ihr Angebot an den Betrieb

Dieser Teil Ihres Anschreibens ist der Wichtigste. Sie versuchen hier das Interesse der Bearbeiter Ihrer Bewerbung zu gewinnen, indem Sie durch die Glanzlichter aus Ihrem Angebotskatalog auf den Nutzen Ihrer Einstellung für den Betrieb hinweisen.
Sehen Sie also den Angebotskatalog Ihrer Kenntnisse, Fähigkeiten, Erfahrungen und Eigenschaften durch: Ihre Ausbildung, beruflichen Erfahrungen, Zusatzqualifikationen, besonderen Kenntnisse und Fähigkeiten, persönlichen Eigenschaften, Interessen, Kontakte. Überlegen Sie, womit Sie einen Zusatznutzen gegenüber Ihren Mitbewerbern anbieten können, der zwar nicht verlangt ist, aber für die Arbeitsstelle von Vorteil sein könnte. Beispielsweise ist ein Realschulabschluss verlangt, Sie können aber zusätzlich noch ein ausgezeichnetes Abschlusszeugnis, ein Betriebspraktikum in der betreffenden Branche oder einen Schreibmaschinenkurs bieten, der für die Stelle nützlich sein kann. Machen Sie auf Ihre Qualitäten aufmerksam. Geben Sie eventuell konkrete Erfolgsbeispiele. Fürchten Sie nicht sich als Angeber zu präsentieren, wenn Sie Ihr Angebot ins rechte Licht rücken, sofern Sie bei einer sachlichen Darstellung bleiben. Ihre Qualifikationen sind genau das, was die Bearbeiter in Ihrer Bewerbung suchen, und sie werden Ihnen sogar dankbar sein, wenn Sie Ihnen die Suche erleichtern.

Mein Studium der Betriebswirtschaft habe ich im Juni 1999 mit dem Diplom abgeschlossen. Zuvor habe ich eine Ausbildung zum Bankkaufmann bei der Sparkasse Heidelberg durchlaufen.

Im abgelaufenen Schuljahr habe ich bereits ein dreimonatiges Praktikum im Lektorat eines kleinen Verlages in Bonn gemacht. Die Erfahrungen dort haben ...

Zur Finanzierung meines Studiums habe ich in den Semesterferien regelmäßig in der Kreditabteilung der Volksbank Gütersloh gearbeitet. Dort habe ich einen umfassenden Einblick in die Unternehmensfinanzierung gewonnen.

Der Schwerpunkt meines Studiums lag im Bereich EDV-gesteuerter Messverfahren. Meine Kenntnisse konnte ich im Rahmen eines Praktikums bei ... vertiefen.

Französisch spreche ich fließend, da ich nach der mittleren Reife ein Dreivierteljahr als Au-pair-Mädchen in Marseille gearbeitet habe.

Ihre Forderungen an die Stelle

Jeder Stellenanbieter erwartet eine Begründung, warum Sie sich für diese Stelle, diesen Betrieb, diese Branche interessieren. Schließlich geht es darum herauszufinden, ob Sie und Ihr künftiger Arbeitgeber gut zusammenpassen.

Prüfen Sie hier Ihren Forderungskatalog. Motive, die mit der Arbeit an sich zu tun haben (Tätigkeit, Entwicklungsmöglichkeiten), werden auf Arbeitgeber immer am überzeugendsten wirken. Versuchen Sie begründet darzulegen, warum bestimmte Tätigkeitsmerkmale, die Sie aus der Stellenanzeige oder aus Ihrer sonstigen Information kennen, gut zu Ihnen passen und dass die Arbeit Sie weder über- noch unterfordert, sondern genau das Richtige ist.

Allzu sehr ins Detail gehen müssen Sie als Berufsanfänger dabei meist nicht. Gerade wenn Sie sich um eine Ausbildungsstelle bemühen, genügt es, wenn Sie sich auf Merkmale konzentrieren, die diese Branche, diesen Beruf bzw. diese Arbeit im Allgemeinen betreffen. Dagegen brauchen Sie nicht unbedingt hervorzuheben, warum Sie sich nun gerade bei diesem speziellen Betrieb bewerben. Auch Ihren Lesern wird klar sein, dass Sie sich nicht nur bei einem Unternehmen oder einer Behörde bewerben, und sie wissen, dass die Ausbildungen relativ gleichwertig sind, gleichgültig bei welchem Betrieb sie nun absolviert werden.

An der ausgeschriebenen Position interessiert mich besonders die Möglichkeit mein Wissen als Ingenieur der Werkstofftechnik in das zukunftsweisende Arbeitsfeld der Schadensanalyse und Schadensprävention einzubringen.

Ich bin sicher meine im Studium erworbenen Kenntnisse und Fähigkeiten bei einer Tätigkeit als ... im Kaufhaus Brinkmann gut einsetzen zu können.

Die Erfahrungen im Praktikum haben mein Interesse an der Buchbranche noch einmal bestärkt.

Schlussabsatz

Ein guter Schlussabsatz rundet Ihren Bewerbungsbrief so richtig ab. Bei einem Werbeschreiben bietet sich für den Schluss immer eine Bekräftigung an. Am besten unterstreichen Sie Ihr Interesse an einem persönlichen Vorstellungsgespräch. Vom Ton her sollten Sie dabei selbstbewusst und sachlich formulieren und nicht unterwürfig klingen.

Gern stehe ich Ihnen zu einem Vorstellungsgespräch zur Verfügung.

Über die Gelegenheit zu einem persönlichen Gespräch würde ich mich sehr freuen.

Wenn Sie Interesse haben, würde ich gern alles Weitere in einem persönlichen Gespräch klären.

Grußformel

Die Standardformulierung für den Briefabschluss lautet „Mit freundlichen Grüßen“ oder ähnlich. Verwenden Sie auf keinen Fall den Ausdruck „Hochachtungsvoll“. Dieser Gruß gilt zumindest als veraltet, mitunter wird er sogar als eine subtile, ironische Form der Beleidigung verwendet.

Unterschrift

Unterschreiben Sie auf jeden Fall eigenhändig. Ist der ganze Brief sogar einschließlich Unterschrift fotokopiert, werden Ihre Empfänger mit Sicherheit nicht den Eindruck erhalten, dass Sie sich gerade für Ihren Betrieb besonders interessieren.

Anlagenhinweis

Der Anlagenhinweis ist ein üblicher Service für den Empfänger. Haben Sie im Text sämtliche Anlagen zu Ihrer Bewerbung angesprochen oder geht Ihrem Anlagensatz ein Inhaltsverzeichnis voraus, brauchen Sie am Ende Ihres Briefes nur „Anlagen“ zu schreiben. Sonst listen Sie unter der Überschrift „Anlagen“ zeilenweise alle beigelegten Unterlagen auf („Tabellarischer Lebenslauf mit Lichtbild“/„Abiturzeugnis“/„Zeugnis über einen Lehrgang im Maschineschreiben“).

Die Form des Bewerbungsschreibens

Die äußere Form Ihres Anschreibens ist ein wichtiges Hilfsmittel bei dem Ziel für Ihre Sache zu werben. Die Bearbeiterinnen und Bearbeiter Ihrer Bewerbung sind auch nur Menschen und sie ärgern sich, wenn ihnen die Auswertung durch Fehler, Unübersichtlichkeit und eine nachlässige Aufbereitung erschwert wird. Tragen Sie durch ein formal ansprechendes Schreiben dazu bei, dass Ihre Bewerbung gleich mit einem gewissen Wohlwollensvorschuss gelesen wird.

Aufbau des Bewerbungsschreibens

Durch Beachtung der Regeln für Geschäftsbriefe vermitteln Sie einen professionellen Eindruck. Zum linken und oberen Rand sollten Sie etwa 2 cm Abstand halten. Bei der gängigen Schreibmaschinentastatur entspricht das einer Einstellung des linken Schreibrandes auf Grad 10, das erste Wort steht in Zeile 5 von oben (bei einzeiligem Schalten). Auch rechts sollte Ihr Schreiben einen etwa 2 cm breiten freien Rand aufweisen, einen Schreibmaschinenrandsteller stellen Sie dafür am besten gleich auf Grad 75 ein.

Den Seitenaufbau zeigt Ihnen die nachstehende Musterseite:

- Zeilenweise untereinander, ohne Leerzeilen, stehen Name, Straße, Ort, gegebenenfalls Telefonnummer des *Absenders.*
- *Ort und Datum* beginnen etwa 12 cm von links (Grad 50).
- Die *Empfängeranschrift* beginnt in Zeile 15. Versendungshinweise wie „Einschreiben" stünden gegebenenfalls darüber in Zeile 13. Dieser Stand der Adresse hat sich wegen der Verwendbarkeit von normierten Fensterbriefumschlägen eingebürgert.
- Der *Betreff* beginnt in Zeile 24. Sie können die Zeile zur Hervorhebung fett setzen.
- Unter der Betreffzeile bleiben zwei Leerzeilen frei, dann folgt die *Anrede.* Sie endet üblicherweise mit einem Komma und nicht mit einem Ausrufezeichen. Nach dem Komma wird klein weitergeschrieben.
- Unter der Anrede bleibt eine Leerzeile frei. Trennen Sie die einzelnen Absätze des *Brieftexts* jeweils durch Leerzeilen voneinander.
- Die *Grußformel* beginnt mit einer Zeile Abstand vom Text.
- Für Ihre *Unterschrift* sollten Sie unter dem Gruß mindestens drei Leerzeilen freilassen.
- Wenn der Platz ausreicht, folgt der *Anlagenhinweis* unter der Unterschrift. Anderenfalls kann er auch rechts daneben stehen. Er beginnt dann auf Höhe der Grußformel, etwa 12 cm von links (Grad 50). Das Wort Anlagen können Sie fett setzen oder unterstreichen.

Auch als unterer Rand Ihres Blattes sollten noch etwa 2 cm frei bleiben.

.
.
.
.
Vorname Name (Zeile 5) Ort, Datum
Straße Hausnummer (etwa 12 cm, Grad 50)
Postleitzahl Ort
.
.
.
.
.
.
.
Name des Betriebes (Zeile 15)
Abteilung
Frau oder Herrn Name (sofern bekannt)
Straße oder Postfach Nummer
.
Postleitzahl Ort
.
.
.
Bewerbung um ... (Zeile 24)
.
.
Sehr geehrte Frau ...,
.
Einleitungsabsatz
.
weitere Absätze
.
Schlussabsatz
.
Mit freundlichen Grüßen
.
.
.
Anlagen
Lebenslauf mit Lichtbild
weitere Anlagen

Äußerer Eindruck

Nicht nur beim Inhalt kommt Ihre empfängerorientierte Haltung zum Ausdruck, sondern auch bei der Präsentation eines Textes ohne Fehler, einer lesefreundlichen Gliederung und der Wahl des angemessenen Schreibmaterials. Achten Sie auch darauf, dass Ihr Bewerbungsschreiben keine Knicke oder Flecken aufweist.

In puncto *Rechtschreibung* sind manche Leser ausgesprochen empfindlich. Zu viele Fehler können das beste Schreiben stark entwerten. Mancher Leser schließt sogar von Rechtschreibfehlern auf Dummheit. Schlagen Sie daher lieber alle Zweifelsfälle im Wörterbuch nach. Und lesen Sie vor dem Absenden noch einmal äußerst aufmerksam den ganzen Text durch (richtiges Datum, richtige Anschrift?).

Mit einer übersichtlichen *Gliederung* kommen Ihre Aussagen viel klarer zur Geltung. Gliedern Sie Ihren Text entsprechend seiner Sinneinheiten in Absätze. Trennen Sie die Absätze durch Leerzeilen.

Eine wichtige Rolle für den ersten Eindruck spielt auch das *Schreibmaterial.* Schreiben Sie auf stabilem weißen Papier ohne Linien und Muster. (Wie würden Sie als Bearbeiter das Interesse eines Bewerbers an der Stelle einschätzen, der Ihnen seine Bewerbung auf einem herausgerissenen Blatt Kästchenpapier vorlegt?) Am professionellsten wirken Sie, wenn Sie Ihre Bewerbung mit Maschine oder PC schreiben. Versenden Sie Ihre Bewerbung auf gar keinen Fall per Fax; Sie werden damit nur auf äußerstes Befremden stoßen.

Werfen Sie zum Schluss noch einen Blick auf das *Gesamterscheinungsbild* Ihres Schreibens. Keinen guten Eindruck auf den Empfänger machen ein unsauberes Druckbild (leihen Sie sich notfalls eine bessere Maschine), ebenso wenig Tipp-Ex-Ausbesserungen oder gar Durchstreichungen von Tippfehlern. Scheuen Sie keinesfalls den Aufwand ein neues Blatt zu nehmen. Lassen Sie sich auch nicht von den vielen Gestaltungsmöglichkeiten, die ein Computer bietet, dazu verleiten, verschiedenste Zierschriften, Hervorhebungsarten oder Schriftstärken zu verwenden. Das Ergebnis wirkt sehr schnell unruhig oder verspielt. Erwartet wird jedoch ein eher sachlicher Auftritt.

Im Folgenden finden Sie zwei Beispiele, wie ein Bewerbungsschreiben aussehen könnte.

Bewerbung für eine Ausbildung zur Buchhändlerin

Sehr geehrte Damen und Herren,

durch eine Informationsveranstaltung des Berufsbildungszentrums habe ich erfahren, dass Sie jedes Jahr Lehrstellen für Abiturienten anbieten. Hiermit bewerbe ich mich bei Ihnen um einen Ausbildungsplatz als Buchhändlerin.

Im Juli dieses Jahres habe ich meine Schulzeit mit dem Abitur am Goethe-Gymnasium in Hamburg abgeschlossen. Ich habe großes Interesse für Literatur und Schauspiel, so engagiere ich mich zum Beispiel auch seit vielen Jahren in der Theatergruppe unserer Schule. Mehrere Englandaufenthalte und Feriensprachkurse haben meine Vorliebe für englische Sprache, Kultur und Literatur gefördert.

Mein Interesse am Beruf der Buchhändlerin wurde durch zahlreiche Gespräche mit befreundeten Auszubildenden geweckt. Informationen der Industrie- und Handelskammer und meine Erfahrungen in einem Schulpraktikum haben mich in meiner Entscheidung bestärkt.

Ich würde mich sehr freuen, wenn Sie mir die Gelegenheit zur persönlichen Vorstellung geben.

Mit freundlichen Grüßen

Sandra Schubert

Anlagen

Ihre Anzeige in der FAZ vom 4. Juni 1999

Sehr geehrter Herr Adler,

wie telefonisch heute mit Ihnen vereinbart, sende ich Ihnen meine vollständigen Bewerbungsunterlagen für die in Ihrem Haus frei werdende Stelle einer Auslandsreferentin.

Im Juni werde ich mein Studium der Betriebswirtschaftslehre an der Universität Köln abschließen. Nach dem Abitur habe ich zunächst eine Ausbildung zur Bankkauffrau bei der Sparkasse Oldenburg durchlaufen. Im anschließenden Studium habe ich mich schwerpunktmäßig mit Bankbetriebslehre und internationalem Finanzrecht befasst.

Ein Erasmus-Stipendium für ein Auslandssemester an der Universität Singapur ermöglichte eine Vertiefung meiner Kenntnisse des internationalen Termingeschäfts. Dieser Aufenthalt gab den Anstoß zum Thema meiner Diplomarbeit: „Derivate und ihre Bedeutung für die Börsenentwicklung im ostasiatischen Raum".

Aufgrund meines Interesses für die Finanzbranche würde ich gern in Ihrer Bank tätig werden. Über ein Vorstellungsgespräch, bei dem wir weitere Fragen klären könnten, würde ich mich daher sehr freuen.

Mit freundlichen Grüßen

Kerstin Brink

Anlagen

Der Lebenslauf

Wenn Sie sich über Sinn und Zweck des Lebenslaufs im Klaren sind, ergibt sich, was in Ihren Lebenslauf hineingehört und was nicht darin stehen darf. Im Folgenden finden Sie auch einige Tipps zum Umgang mit Schwachstellen im Lebenslauf, zum Aufbau sowie einige Beispiele.

Die Funktion des Lebenslaufs

Der Lebenslauf soll in Kurzform die Summe all Ihrer Kenntnisse, Fähigkeiten, Erfahrungen und Eigenschaften im Hinblick auf Ihren bisherigen beruflichen Werdegang präsentieren. Was ein Stellenanbieter hier nicht findet, das weiß er nicht. Zusammen mit dem Anschreiben gehört der Lebenslauf zu den einzigen Bestandteilen Ihrer Bewerbung, die mit Sicherheit gelesen werden. Der Lebenslauf sollte also wie das Anschreiben bei einer ersten flüchtigen Durchsicht Aufmerksamkeit erregen und Interesse wecken. Ist diese Vorprüfung überstanden, wird der Lebenslauf in der zweiten Runde zur Hauptentscheidungsgrundlage. Die sonstigen Bewerbungsunterlagen werden jetzt unterstützend herangezogen. Diese Prüfung entscheidet darüber, ob Sie zu einem Vorstellungsgespräch eingeladen werden.

Bei der ersten Durchsicht Ihrer Bewerbung prüft die Bearbeiterin oder der Bearbeiter flüchtig, ob Ihre Bewerbung interessant genug für eine genauere Prüfung erscheint. Die weitere Durchsicht übernimmt die Personalabteilung oder Ihre Bewerbungsunterlagen gehen über die Schreibtische der infrage kommenden Fachabteilungen. Jetzt wird vor allem geprüft, ob Ihre Qualifikationen dem Betrieb Nutzen versprechen und ob Ihre Bewerbung gegenüber den Mitbewerbern einen Zusatznutzen erwarten lässt. Außerdem werden Ihre Angaben im Lebenslauf und in den mitgelieferten Unterlagen abgeglichen.

Insbesondere Personalabteilungen achten bei dieser gründlicheren Durchsicht auf die Lückenlosigkeit und einen „roten Faden“ im Lebenslauf. Entdecken sie in Ihrem Lebenslauf größere zeitliche Lücken ohne eine Erklärung, drängt sich der Verdacht auf, dass Umstände verschwiegen werden sollen, die gegen Ihre

Einstellung sprechen. Ein „roter Faden“ im beruflichen Werdegang soll das Risiko minimieren einen unsteten Kandidaten einzustellen, der seine Entscheidung bald widerruft. Im günstigsten Fall führen Lücken oder logische Sprünge zu Fragen im Vorstellungsgespräch, oft führen sie aber auch dazu, Ihre Bewerbung als uninteressant auszusortieren.
Auch für Ihren Lebenslauf gilt: Sie wollen Werbung für Ihre Person treiben. Sie sollten den Lebenslauf nicht für eine uninteressante, durch die Tatsachen vorgegebene Liste halten; Sie haben zahlreiche Gestaltungsmöglichkeiten. Auch Ihr Lebenslauf muss Ihre Qualitäten möglichst auf einen Blick zeigen. Sagen Sie alles ganz deutlich, verstecken Sie nichts zwischen den Zeilen. Und fassen Sie sich kurz: Auch der Lebenslauf muss mit einer Seite auskommen.
Greifen Sie in Ihrem Lebenslauf nicht zu Lügen. Vom Abgleich mit den Anlagen über das Vorstellungsgespräch bis zum späteren beruflichen Alltag gibt es genügend Möglichkeiten entdeckt zu werden. Die Konsequenzen reichen bis zur fristlosen Entlassung inklusive Schadensersatzpflicht.
Neben dem Wahrheitsgehalt ist die Vollständigkeit wichtig. Wenn größere zeitliche Lücken beim Betrachter Zweifel aufkommen lassen könnten, geben Sie einleuchtende Erklärungen. Genauso sollten Sie von vornherein nachvollziehbare Erklärungen liefern, falls der Eindruck logischer Sprünge oder scheinbarer Widersprüche aufkommen könnte.

Muss-Angaben im Lebenslauf

Wählen Sie auch hier gezielt aus, was Sie Ihren Lesern präsentieren. Prüfen Sie den Katalog Ihres Angebots an den Arbeitsmarkt (Kenntnisse, Fähigkeiten, Erfahrungen, Eigenschaften; siehe Seite 7). Was verspricht dem angeschriebenen Arbeitgeber Nutzen, was fördert Ihre eigenen Chancen? (Beachten Sie die nachfolgenden Überlegungen übrigens auch beim Vortrag Ihres Lebenslaufs in einem Vorstellungsgespräch und beim Ausfüllen von Personalfragebögen.)

Im Lebenslauf sind keinerlei Werturteile gefragt, es geht um eine sachliche Darstellung von Fakten. Zu den einzelnen Stationen Ihres Werdegangs sollten Sie die folgenden Angaben machen:

- Art der Ausbildung,
- Kennzeichnung, Name und Ort der besuchten Institution,
- erreichter Abschluss,
- Zeitraum des Besuchs (gegebenenfalls das voraussichtliche Ende der Ausbildung).

Am interessantesten sind für einen Stellenanbieter in der Regel die jüngsten Stationen Ihres Lebenslaufs, weiter zurückliegende können Sie knapper abhandeln. Wenn Sie z. B. bereits Ihr Abitur abgeschlossen haben, werden Sie die Grundschule nur noch kurz erwähnen; noch später kann die Grundschule dann ganz entfallen und Ihre Angaben beschränken sich auf den höchsten erreichten Schulabschluss. Zu einer kürzlich abgeschlossenen Ausbildung werden die Angaben dagegen ausführlicher sein. Ähnlich können auch die Datumsangaben bei weiter zurückliegenden Stationen pauschaler werden. Im Einzelnen muss ein Lebenslauf Angaben zu folgenden Punkten enthalten:

- persönliche Daten (Name, Anschrift, Geburtsdatum),
- Schulzeit,
- gegebenenfalls Wehr- oder Zivildienst,
- Berufsausbildung,
- Studium,
- berufliche Erfahrungen,
- Zusatzqualifikationen,
- besondere Kenntnisse und Fähigkeiten.

Der Lebenslauf trägt Ort, Datum und Unterschrift. Außerdem ist ein Lichtbild üblich.

Schulzeit

Nennen Sie die besuchten Schulen in der zeitlichen Reihenfolge. Ergänzen Sie Ihre Aufstellung gegebenenfalls um Angaben, die Ihre Chancen erhöhen, die also nach Ihrer Einschätzung dem Arbeitgeber auf der jeweiligen Position Nutzen versprechen, z. B. gute Abschlussnote, fachliche Schwerpunkte, Zusatzkurse usw. Heben Sie Ihre Qualitäten deutlich hervor.

Wehrdienst, Zivildienst, freiwillige Jahre

Armee- oder Zivildienst, ebenso ein freiwilliges soziales oder ökologisches Jahr sind vor allem im Lebenslauf zu erwähnen, damit keine zeitlichen Lücken erscheinen. Sie können Ihre Angaben daher sehr knapp halten (Art und Zeitraum bzw. Freistellung). Anders sieht es dagegen aus, wenn Sie einem Arbeitgeber auch aus dieser Zeit etwas bieten können: LKW-Führerschein, medizinische Kenntnisse, praktische Erfahrungen usw.

Berufsausbildung

Wenn Sie bereits eine Berufsausbildung vorweisen können, haben Sie ein ganz starkes Argument für Ihre Bewerbung. Geben Sie diese Station in vollem Umfang an.

Studium

Ein Studium bleibt stets ein wesentliches Element Ihres beruflichen Werdegangs. Führen Sie die einzelnen Hochschulen in der Reihenfolge des Besuchs auf, Zeiträume geben Sie am besten in Semestern an. Außerdem sollten Sie aufführen, was für die jeweilige Stelle von Belang sein könnte: das Thema Ihrer Diplomarbeit, gute Abschlussnoten, Spezialgebiete, Assistententätigkeit, Auslandserfahrung usw. Präsentieren Sie Ihre Stärken unübersehbar.

Berufliche Erfahrungen

Da beruflich verwertbare Erfahrungen für Stellenanbieter stets einen besonders großen Wert darstellen, sollten Sie Ihren Angebotskatalog auf sämtliche vergleichbaren Aktivitäten überprüfen und kein Erfolg versprechendes Argument auslassen: Praktika, Volontariate, Ferienjobs usw. Erläutern Sie gegebenenfalls Tätigkeiten, die einen Bezug zur Stelle aufweisen.

Zusatzqualifikationen

Für die Stelle interessante Kurse und Weiterbildungen sollten Sie in Ihrem Lebenslauf auf jeden Fall erwähnen: Maschineschreiben, Textverarbeitung, Fremdsprachen usw.

Besondere Kenntnisse und Fähigkeiten

Auch auf die Angabe besonderer Kenntnisse und Fähigkeiten aus Ihrem Angebotskatalog sollten Sie in Ihrem Lebenslauf nicht verzichten, sofern sie einen Bezug zur angestrebten Stelle aufweisen (z. B. Fremdsprachen). Wenn Sie dagegen in persönlichen Eigenschaften wie Durchsetzungsfähigkeit, Verhandlungsgeschick oder Führungstalent ein Argument sehen, geben Sie diese Qualitäten lieber nicht an (das wirkt stets unglücklich). Sie können sie höchstens anhand konkreter Beispiele schildern. Grundsätzlich wollen sich Ihre Gesprächspartner über Ihre persönlichen Eigenschaften im Vorstellungsgespräch ein Bild machen.

Ort, Datum, Unterschrift, Lichtbild

Ein Lebenslauf trägt *Ort und Datum* (Monat reicht) und wird eigenhändig *unterschrieben*. Eine fotokopierte Unterschrift deuten Ihre Leser als ungenügendes Interesse an der Position. Bei regulären Ausschreibungen (Lehrstellen, Traineepositionen, Stellenangeboten) ist die Beilage eines *Lichtbilds* üblich. Bei größeren Kampagnen mit freien Kurzbewerbungen können Sie eventuell auch darauf verzichten.

Erwartet wird ein Porträtfoto im Passbildformat. Ob das Bild farbig oder schwarzweiß ist, richtet sich nach Ihrem Geschmack.

Unterschätzen Sie die Bedeutung eines qualitativ guten Fotos nicht. Ihre Bewerbung wird stets von Menschen ausgewertet und die sind nun einmal nicht objektiv. Ein freundlicher Gesichtsausdruck weckt Sympathie. Auch Ihr Äußeres (Kleidung, Frisur) sollte schon ein bisschen dem Image des jeweiligen Berufs entsprechen. Achten Sie auch darauf, dass das Bild Ihnen ähnlich sieht und nicht

zu alt ist, denn eine wichtige Funktion des Fotos ist der Wiedererkennungseffekt.
Befestigen Sie das Foto am besten mit wenigen Tropfen Klebstoff auf einem größeren Bogen (rechts oben auf dem Lebenslauf neben den persönlichen Daten, auf dem Anschreiben auf einem besonderen Blatt), damit es nicht verloren geht. Schreiben Sie zusätzlich vorsichtig mit Bleistift Namen und Adresse auf die Rückseite. Beziehen Sie das Foto gegebenenfalls in die Gesamtgestaltung Ihres Lebenslaufs mit ein (Platz lassen).

Was nicht in den Lebenslauf gehört

In Ihrem Lebenslauf sollten Sie nicht erzählen, was für den Arbeitgeber bei der Besetzung der jeweiligen Stelle ohne Bedeutung ist oder zumindest sein sollte und was Ihre eigenen Chancen womöglich gefährdet.
Schreiben Sie also nichts zu

- persönlichen Vorlieben (Einstellungen, Werturteilen, Freizeitgestaltung),
- Ihren Wohnverhältnissen,
- Familienplanung (besonders als Frau sollten Sie dieses Thema gar nicht erst ansprechen),
- Gesundheitszustand,
- Sucht,
- Schulden,
- Vorstrafen.

In einem späteren Vorstellungsgespräch können Fragen zu diesen Themen statthaft sein, aber nur sofern sie Ihre Leistungsfähigkeit auf der Stelle berühren.

Kann-Angaben im Lebenslauf

Über die Muss-Angaben hinaus sollten Sie dem Arbeitgeber alle Elemente Ihres Angebotskatalogs präsentieren, die ihm Nutzen versprechen und Ihre Chancen fördern. Alle übrigen Angaben lassen Sie weg, weil überflüssige Aussagen die Übersichtlichkeit Ihrer Darstellung verringern und den Blick auf Ihre Hauptargumente erschweren. Die Kann-Angaben stammen aus den unterschiedlichsten Bereichen:

- Eltern und Geschwister,
- Familienstand, Staatsangehörigkeit, Konfession,
- Behinderung,

- Freizeitaktivitäten, Hobbys,
- Mitgliedschaften in Parteien und Gewerkschaften,
- Referenzen,
- Gehaltswunsch und Eintrittstermin,
- Begründungen.

Diese Angaben können bei Bedarf vor allem zur Abrundung Ihres Lebenslaufs dienen. Je nach Fall können Sie damit Ihre Chancen verbessern, aber auch gefährden.

Eltern und Geschwister

Sie sind es, der sich um die Stelle bewirbt und später die Arbeit ausführen muss. Für Ihr Leistungsvermögen haben Ihre Eltern keine Bedeutung. Dies gilt noch mehr für Ihre Geschwister. Grundsätzlich sollten also Geschwister und Eltern im Lebenslauf zu einer Stellenbewerbung nicht erwähnt werden. Ab einem gewissen Alter sollte man sich von seinen Eltern abgenabelt haben und auf eigenen Füßen stehen.
Trotzdem ist die Erwähnung von Eltern und Geschwistern im Lebenslauf relativ verbreitet. Gerade bei Berufsanfängern, besonders Schulabgängern, kann sie außerdem dazu dienen, den sonst meist noch recht kurz wirkenden Lebenslauf etwas gehaltvoller erscheinen zu lassen. Entscheiden Sie selbst in Ihrem Fall für oder gegen eine Aufnahme.
Nennen Sie gegebenenfalls Namen, Geburtsnamen und Beruf der Eltern (Beispiel: „Eltern: Wolfgang Heynemann, Kfz-Mechaniker. Angelika Heynemann, geb. Schneider, kaufmännische Angestellte“). Wenn Sie Geschwister erwähnen, beschränken Sie sich auf die Zahl; Namen und Alter sind nicht gefragt.

Familienstand, Staatsangehörigkeit, Konfession

Auch diese Angaben sind für eine Stellenbewerbung im Normalfall nicht von Belang und sollten entfallen. Wenn Sie sich in Ihrem Heimatland bewerben, brauchen Sie Ihre Staatsangehörigkeit nicht anzugeben. Ihre Religionszugehörigkeit hat mit Ihrer Arbeit nichts zu tun.
Wenn Sie Ihren Familienstand angeben wollen, beschränken Sie sich auf die Formulierungen „ledig“, „verheiratet“, „verwitwet“ oder „geschieden“; alle Ergänzungen können verschiedenste Vorurteile nähren. Wenn Sie sich im Ausland bewerben, sollten Sie die Staatsangehörigkeit angeben, weil meist arbeitsrechtliche Besonderheiten zu beachten sind. Auf die Angabe der (richtigen) Konfession sollten Sie schließlich nicht verzichten, wenn Sie sich bei einem kirchlichen Arbeitgeber (z. B. Kindergarten) bewerben.

Behinderung

Eine Behinderung betrifft Ihr Privatleben und muss im Lebenslauf nicht auftauchen, wenn sie Ihr Leistungsvermögen auf der betreffenden Stelle nicht beeinträchtigt.

Andererseits sind Betriebe gesetzlich verpflichtet einen bestimmten Prozentsatz Schwerbehinderter einzustellen. Manche Arbeitgeber, in jedem Falle Behörden, bemühen sich auch diese Vorgabe zu erfüllen. Unter diesen Umständen können Sie mit der Angabe Ihre Chancen verbessern.

Freizeitaktivitäten, Hobbys

Ihre Freizeitgestaltung ist allein Ihre Sache und für die Entscheidung über die Stellenvergabe ohne Bedeutung. Anders verhält es sich, wenn Ihre Hobbys in irgendeiner Weise Ihrer späteren Tätigkeit zugute kommen könnten (Hobbywerkstatt, Gruppenleitung usw.). Und auch hier können Sie mit der Angabe geeigneter Hobbys als Berufsanfänger gegebenenfalls einen etwas kurzen Lebenslauf elegant längen.

Mitgliedschaften in Parteien und Gewerkschaften

Partei- und erst recht Gewerkschaftsmitgliedschaften sollten Sie grundsätzlich nicht angeben. Sie wissen nicht, welche Einstellung Ihr Gegenüber hat, und für die Stelle sind diese Angaben ohne Belang.
Ähnlich wie bei der Religionszugehörigkeit gilt aber auch hier: Bei der Bewerbung bei Parteistiftungen, Gewerkschaftsbetrieben usw. werden Sie Ihre Chancen durch Angabe der richtigen Mitgliedschaft sicher nicht verschlechtern.

Referenzen

Regelrechte Referenzen zu nennen, also Personen, die über den Bewerber Auskunft zu erteilen bereit sind, ist ganz unüblich geworden. Einige sehr konservative Betriebe verlangen aber heute noch Referenzen. Beachten Sie, dass solchen Stellenanbietern dann oft auch Titel, akademische Grade und traditioneller gesellschaftlicher Rang wichtig sind. Fragen Sie die Betreffenden vorher, ob sie bereit sind als Referenzen zu dienen.

Gehaltswunsch und Eintrittstermin

Grundsätzlich sollten Sie zu Ihrem gewünschten Gehalt in Ihrer Bewerbung nichts schreiben (selbst wenn Sie in einer Anzeige dazu aufgefordert werden). Die Konditionen sind ein typischer Gegenstand für Verhandlungen, also für ein persönliches Gespräch (das Vorstellungsgespräch). Dort ist eine Einigung immer leichter möglich und Sie können flexibel reagieren. Was Sie aber einmal geschrieben haben, das steht im Raum und kann dazu führen, dass Ihre Bewerbung wegen einer unrealistisch hohen (oder auch niedrigen) Forderung aus dem Rennen genommen wird. Für Berufsanfänger, besonders Lehrlinge und Trainees, haben die Betriebe in der Regel ohnehin recht präzise Gehaltsvorgaben, die meist nur einen sehr geringen Verhandlungsspielraum lassen.

Schreiben Sie eventuell, dass Sie die Gehaltsfrage lieber in einem persönlichen Gespräch klären würden. Wenn Sie aber eine Gehaltsvorstellung angeben, dann sollten Sie immer eine Spanne nennen, nie einen Festbetrag; damit signalisieren Sie Verhandlungsbereitschaft. Jahresbeträge wirken übrigens professioneller als Monatsgehälter. Ihre Gehaltsvorstellung können Sie im Lebenslauf oder im Anschreiben nennen.
Das Gleiche wie fürs Gehalt gilt auch für Ihren möglichen Eintrittstermin: besser nichts sagen. Wenn es erst einmal zum Vorstellungsgespräch gekommen ist, findet sich im Notfall immer eine Lösung. Ergänzen Sie notfalls die Terminangabe durch einen Zusatz wie „eventuell auch früher".

Begründungen

Wenn Ihr Werdegang einen Außenstehenden Lücken, Richtungswechsel oder sonstige Schwachstellen vermuten lassen könnte, die Sie aber sachlich überzeugend erklären können, dann können Sie den Lebenslauf auch für Begründungen nutzen. Hierfür eignet sich die ausformulierte Variante besser als die tabellarische Form. Sie können aber auch das Anschreiben für Begründungen nutzen. Im Übrigen ist für ausführliche Begründungen das Vorstellungsgespräch vorgesehen.

Schwachstellen im Lebenslauf

Womöglich war Ihr eigener Werdegang nicht immer völlig geradlinig und es gab Rückschläge in der Schulkarriere, abgebrochene Ausbildungsgänge, längere Krankeiten oder Lücken im Zeitablauf. Sie haben mehrere Möglichkeiten mit solchen Schwachstellen in Ihrem Lebenslauf umzugehen.
Wenn es nicht allzu offensichtlich wird, können Sie kleinere Unebenheiten in Ihrem Lebensweg einfach *verschweigen.* Kleinere Lücken sind nicht mehr gleich zu erkennen, wenn Sie das Datum nicht auf den Tag genau angeben. Wiederholte Klassen fallen gar nicht unbedingt auf, wenn man nicht ausdrücklich selbst darauf hinweist.
Bieten Sie *Ersatz* für Schwachpunkte. Das Abschlusszeugnis war vielleicht schlecht, aber Ihr Zwischenzeugnis war in Ordnung oder Ihre Ergebnisse in besonders relevanten Teilfächern sind überzeugend. Geben Sie – möglichst berufsbezogene – Aktivitäten an, mit denen Sie zeitliche Lücken gefüllt haben: Fortbildungskurse, Praktika, Ferienjobs, unentgeltliche Mitarbeit im elterlichen Betrieb, Tätigkeit in Vereinen. Die meisten Arbeitgeber werden es bereits schät-

zen, wenn Sie überhaupt aktiv geworden sind.
Manche Lücken können Sie aber auch *offen ausweisen.* So ist es in Zeiten hoher Arbeitslosigkeit völlig normal, wenn einige Monate für die Suche nach der ersten Stelle draufgegangen sind. Eine längere Reise nach Ausbildungsabschluss können Sie als Studienreise ausweisen, die Ihre sozialen Kompetenzen und Sprachkenntnisse enorm ausgeweitet hat. Auch Kindererziehungszeiten geben Sie am besten ganz offen an.
Für fast alles lässt sich eine vernünftige *Erklärung* angeben. Sie werden jedoch stets auf besonders kritische Leserinnen und Leser stoßen. Bleiben Sie deshalb strikt sachlich. Mit Druck auf die Tränendrüse kommen Sie nicht an. Sagen Sie nie etwas Schlechtes über andere und versuchen Sie nicht die Schuld abzuwälzen. Stehen Sie zu Ihren Entscheidungen in der Vergangenheit und räumen Sie Fehler ein. Aus Fehlern haben Sie gelernt, haben jetzt Ihre Richtung gefunden, wollen Ihre neue Chance jetzt durch vollen Arbeitseinsatz nutzen.
Richtungswechsel können Sie durch fehlende Zukunftsaussichten in einer Branche begründen. Besonders berufliche Fehlentscheidungen im jugendlichen Alter sind nicht tragisch, sie können durchaus „verziehen“ werden. Entscheidend ist nur, dass die Begründung plausibel klingt.
Und nochmals: Vor der Aussichtslosigkeit und Gefahr von *Lügen* kann nur eindringlich gewarnt werden.

Die Gestaltung des Lebenslaufs

Für den Aufbau eines Lebenslaufs gibt es keine vergleichbar festen Normen wie für einen Geschäftsbrief. Beim Schreiben sollten Sie sich empfängerorientiert von zwei Gedanken leiten lassen: Die Darstellung soll so übersichtlich sein, dass möglichst alles auf einen Blick erfasst werden kann. Und mit einer gefälligen Gestaltung fallen Sie angenehm auf. Der Forderung nach Übersichtlichkeit auf einen Blick entspricht am besten der Lebenslauf in Form einer Tabelle. Diese Form ist heute besonders verbreitet. Für Ihre Zwecke kann jedoch auch der in ganzen Sätzen ausformulierte Lebenslauf die geeignete Variante sein. Mitunter wird auch ein handschriftlicher Lebenslauf verlangt.

Aufbau eines Lebenslaufs

Bei der Reihenfolge der Darstellung können Sie sich nach den Angaben auf Seite 40 richten. Kann-Bestandteile ordnen Sie am besten nach sachlichen oder zeitlichen Gesichtspunkten dazwischen. So passen Eltern und Geschwister, Familienstand, Staatsan-

gehörigkeit und Religion, eine Behinderung gegebenenfalls gut zum Block der persönlichen Daten am Anfang, alternativ können sie aber auch zum Abschluss des Lebenslaufs stehen. Hobbys, Mitgliedschaften, Gehaltswunsch und Eintrittstermin könnten nach den besonderen Kenntnissen und Fähigkeiten gegen Ende auftauchen.
Die einzelnen Stationen Ihres Ausbildungsgangs sollten Sie auf jeden Fall in der zeitlichen Reihenfolge angeben, in der Sie sie absolviert haben. Abzuraten ist von der mitunter gewählten sachlichen Gliederung, die die Stationen verschiedenen Themenbereichen zuordnet. Die Leser des Lebenslaufs wollen sich ein Bild vom Ablauf des Werdegangs machen und den zeitlichen Ablauf nicht mühsam rekonstruieren.
Auch beim Lebenslauf sollten Sie auf Rechtschreibung, übersichtliche Gliederung und gutes Schreibmaterial achten. Versuchen Sie mit einer Seite auszukommen; Sie werden keinen Personalsachbearbeiter davon überzeugen können, dass der Lebenslauf eines Berufsanfängers nicht auf einem Blatt unterzubringen ist.
Detailliertere Angaben zur letzten Station Ihres Werdegangs können Sie bei Bedarf auch sehr gut im Anschreiben machen.

Tabellarischer Lebenslauf

Wenn ein Lebenslauf verlangt wird, ist damit heute stets ein mit Maschine geschriebener, tabellarischer Lebenslauf gemeint. Darin stellen Sie Ihren Werdegang nicht in ganzen Sätzen, sondern stichwortartig vor.
Der Lebenslauf ist meist in zwei (oder auch drei) Spalten gegliedert. Der Eintrag besteht zu jeder Station in der Regel aus drei Elementen: einer Art Schlagwort (z. B. „Schulbesuch“), dem eigentlichen Inhalt („Herder-Realschule Bremen“) und einer Zeitangabe („August 1995 – Juni 1997“). Links stehen die Schlagworte, der Inhalt steht rechts, die Zeitangaben können rechts oder links untergebracht werden (Beispiele ab Seite 49).
In der Benennung der einzelnen Schlagworte sind Sie frei (beispielsweise „Schulzeit“, „Schullaufbahn“, „Bildungsgang“, „Schulausbildung“ oder Ähnliches). Das Gleiche gilt für die Datumschreibweise (Ziffern oder Wörter, Tage, Monate oder Jahre). Nur sollten Sie eine einmal gewählte Schreibweise möglichst einheitlich durchhalten.

Ausformulierter Lebenslauf

Sie können trotz der geringeren Übersichtlichkeit auch den traditionelleren in ganzen Sätzen formulierten Lebenslauf vorlegen, und zwar vor allem wenn ein handschriftlicher Lebenslauf verlangt ist oder Sie Begründungen für einige Entscheidungen liefern wollen. Insbesondere um Lücken, Richtungswechsel oder besondere Motive für Ihre Entschei-

dungen zu erklären eignet sich der ausformulierte Lebenslauf.
Auch der ausformulierte Lebenslauf wird im Normalfall mit der Maschine geschrieben – wenn Sie den Auswertern schon keine übersichtlichere Tabelle gönnen, sollten sie wenigstens nicht auch noch Ihre Handschrift entziffern müssen. Bemühen Sie sich um eine moderne, natürliche Ausdrucksweise und vermeiden Sie gestelzte Ausdrücke. Sie dürfen Ihren Lebenslauf durchaus mit einem „Ich“ beginnen. Sie ersparen sich so verdrehte Formulierungen und im Lebenslauf geht es schließlich um niemand anderen als Sie. Ihre persönlichen Daten können Sie auch einfach im Kopf des Briefbogens angeben. Gliedern Sie Ihren Text in logische Absätze. Bleiben Sie bei Ihren Begründungen sachlich und verzichten Sie auf darüber hinausgehende Kommentare und Stellungnahmen. Ihre Leser erwarten Fakten und knappe Information.

Handschriftlicher Lebenslauf

Einen mit der Hand geschriebenen Lebenslauf reichen Sie nur ein, wenn er ausdrücklich verlangt wird. Diese Forderung bedeutet praktisch immer (außer bei wenigen sehr konservativen Betrieben), dass Ihre Handschrift von einem Graphologen begutachtet werden soll. „Handschriftlicher Lebenslauf“ ist also nur eine Verlegenheitsformulierung.
Statt eines ganzen handschriftlichen Lebenslaufs können Sie auch einige Zeilen in Ihrer Handschrift abliefern, die Sie mit „Schriftprobe“ überschreiben, und außerdem einen normalen maschinenschriftlichen tabellarischen Lebenslauf beifügen, mit dem die Personalabteilung natürlich viel besser arbeiten kann. Als Schriftprobe können Sie auch einen ganz anderen Text abliefern; der Inhalt ist dem Graphologen gleichgültig.
Schreiben Sie einige Zeilen in Ihrer natürlichen Schrift, wenn Sie ausgeruht sind. Verstellen Sie Ihre Schrift nicht – Sie wissen ohnehin nicht, worauf der Graphologe achtet (um Schönschrift geht es jedenfalls nicht). Achten Sie auch auf die Raumaufteilung und quetschen Sie nicht alles in eine Ecke. Schreiben Sie besser mit Füller als mit Kugelschreiber.

Lebenslauf

Name:	Kramer
Vorname:	Christian
Anschrift:	Heinrich-Heine-Allee 10 40213 Düsseldorf
Geburtsdatum:	7. Juli 1983
Geburtsort:	Düsseldorf
Eltern:	Rolf Kramer, kaufmännischer Angestellter Irmgard Kramer, geb. Schulz
Schulbesuch:	Grundschule am Hellweg, Düsseldorf (1989–1993) Falk-Realschule in Düsseldorf (1993–1999)
Schulabschluss:	Mittlere Reife
Praktikum:	Werbeagentur ArtDeco, Düsseldorf Mitarbeit an Entwürfen (März 1998)
Lehrgänge:	Maschineschreiben für Anfänger und Fortgeschrittene Kaufmännische Privatschule Udo Lange
Sprachkenntnisse:	Gute Kenntnisse in Englisch und Französisch
Textverarbeitung:	Praktische Erfahrung mit Winword
Sonstige Aktivitäten:	Leitung einer Jugendgruppe beim Roten Kreuz

Düsseldorf, im August 1999

Christian Kramer

Alexandra Müller
Hans-Sachs-Straße 124
12205 Berlin

Lebenslauf

Persönliche Daten

Geburtsdatum:	17. Juni 1973
Geburtsort:	Hamburg

Schulausbildung

1983–1992	Goethe-Gymnasium in Hamburg Abschluss: Abitur

Berufsausbildung

9/1992–7/1994	Ausbildung zur Industriekauffrau bei Maschinenfabrik Schneider in Hamburg

Studium

WS 1994/95–WS 1996/97	Studium der Betriebswirtschaftslehre an der Universität Berlin Schwerpunkt: Außenwirtschaft
SS 1997	Auslandssemester an der University of Exeter/Großbritannien
WS 1997/98–SS 1999	Studienabschluss in Berlin Thema der Diplomarbeit: „Exportprobleme im Maschinenbau" Studienabschluss: Diplom-Kaufmann, Note „gut"

Besondere Kenntnisse

EDV:	Textverarbeitungsprogramm Word
Fremdsprachen:	Verhandlungssicheres Englisch

Berlin, 19. September 1999

Alexandra Müller

Lebenslauf

Mein Name ist Katharina Lorenz. Ich wohne an der Weinsteige 70, 70180 Stuttgart. Geboren wurde ich am 23. August 1974 in Tübingen. Nach meiner Schulzeit, die ich 1993 mit dem Abitur abschloss, absolvierte ich eine kaufmännische Lehre in der Stuttgarter Metallfabrik Pfleiderer. Die Abschlussprüfung bestand ich 1995 mit der Note „gut".

Nach Ableistung eines freiwilligen sozialen Jahres bei der Arbeiterwohlfahrt nahm ich im Wintersemester 1996/97 das Studium der Betriebswirtschaftslehre an der Fachhochschule Pforzheim auf. 1998 wechselte ich zur Fachhochschule Reutlingen.

Als Hauptfächer belegte ich Betriebswirtschaftslehre, Volkswirtschaftslehre und Kostenrechnung. Meine Wahlfächer waren Steuerrecht, Marketing und Außenhandel.

Das Thema meiner Diplomarbeit lautete: „Probleme der Kostenrechnung in mittelständischen Betrieben". Die Prüfung zur Diplom-Betriebswirtin schloss ich im März 1999 mit dem Ergebnis „gut" ab.

In den Semesterferien war ich in verschiedenen Industriebetrieben in der Buchhaltung tätig, wo ich meine Kenntnisse aus Studium und Lehrzeit praktisch anwenden und ausbauen konnte.

Stuttgart, im Oktober 1999

Katharina Lorenz

Die Anlagen zur Bewerbung

Auch die Anlagen zu Ihrer Bewerbung sollten Sie nicht unüberlegt zusammenstellen. Im Folgenden wird erklärt, welche Anlagen zwingend erforderlich sind und welche weiteren Sie darüber hinaus beilegen sollten.

Die Funktion der Anlagen zur Bewerbung

Neben dem Anschreiben und dem Lebenslauf haben die übrigen Bewerbungsunterlagen eine ergänzende Funktion. Der Betrieb wird die Anlagen gegebenenfalls heranziehen um sein Bild von Ihrer Qualifikation abzurunden.

Nur wenn es Ihnen gelungen ist mit Ihrem Anschreiben und Ihrem Lebenslauf genügend Aufmerksamkeit und Interesse zu wecken und Nutzen zu versprechen, werden sich die Auswerter Ihrer Bewerbung die sonstigen Unterlagen überhaupt anschauen. Sie suchen dann nach Einzelheiten Ihrer Qualifikation, die aus Anschreiben und Lebenslauf nicht hervorgehen. Teils wollen sie geforderte Kriterien feststellen (z. B. eine bestimmte Durchschnittsnote), teils blättern sie einfach um zu sehen, was geboten wird. Schließlich werden möglicherweise Ihre Angaben mit den beigefügten Unterlagen abgeglichen. Die Anlagen, nach denen die Auswerter wegen bestimmter Kriterien womöglich gezielt suchen, müssen also beiliegen, damit Ihre Bewerbung nicht scheitert, weil die Unterlagen nicht für eine Beurteilung ausreichen. Nachgefordert werden Unterlagen angesichts zahlreicher vorliegender vollständiger Bewerbungen mit Sicherheit nicht. Die Beilage zusätzlicher Unterlagen ist nur sinnvoll, wenn sie für Sie Werbung machen. Und diesen Zweck erfüllen sie nur, wenn sie auffallen. Wählen Sie also bewusst aus, was Sie beilegen. Wenn Sie zu viel anfügen, gehen Ihre Hauptargumente im Papierwust unter.

Auf Unterlagen, von denen Sie sich besonders viel versprechen, sollten Sie in Anschreiben oder Lebenslauf eigens hinweisen, sonst werden sie bei der flüchtigen Prüfung übersehen. Die Leser werden Ihnen für einen sachlichen Hinweis sogar dankbar sein, denn solche speziellen Qualifikationen sind genau das, was sie suchen.

Erforderliche Unterlagen

In manchen Stellenanzeigen ist genau vorgegeben, welche Bewerbungsunterlagen mitgeschickt werden sollen. Mitunter ist aber auch nur von den „üblichen Unterlagen“ die Rede oder Sie haben gar keine Hinweise. Erfahrungsgemäß werden dann folgende Anlagen auf jeden Fall erwartet:

- Lebenslauf,
- ein Lichtbild,
- Kopie des höchsten Ausbildungszeugnisses (Schule, Fachhochschule, Hochschule).

Arbeitsproben werden nur in bestimmten Branchen, insbesondere in künstlerischen Berufen, erwartet. Legen Sie dann nicht Ihr Gesamtwerk vor, sondern eine Auswahl des Besten.

Weitere Anlagen

Bei allen übrigen Unterlagen haben Sie mehr oder weniger die freie Wahl. Legen Sie alles bei, was nach Ihrer Meinung dem Betrieb im besonderen Maße Nutzen verspricht und für Sie Werbung macht. Lassen Sie alle Unterlagen weg, die Ihrem Ziel schaden könnten. Und verzichten Sie auch auf sämtliche neutralen Bescheinigungen, die nicht wirklich dazu dienen, Ihre Qualifikation nachdrücklich zu unterstreichen. Sie müssen nicht alle Kenntnisse, Fähigkeiten, Erfahrungen und Eigenschaften, die Sie angeführt haben, lückenlos belegen. Ihren Angaben wird Vertrauen geschenkt. Erst wenn Zweifel aufkommen, wird man Belege verlangen und eventuell im Vorstellungsgespräch nachfragen.

Vor allem folgende weitere Anlagen sind denkbar:

- Eine Kopie des Zeugnisses über den höchsten erreichten Schulabschluss wird praktisch immer erwartet. Wenn es für Ihre Stellenbewerbung Nutzen verspricht, sollten Sie außerdem besser ausgefallene Zwischenzeugnisse und Bescheinigungen über Zusatzveranstaltungen beilegen.
- Bescheinigungen zur Wehr- und Zivildienstzeit sind in der Regel nicht erforderlich. Nützlich könnten dagegen Bescheinigungen über Zusatzqualifikationen sein, die Sie während Ihres Dienstes oder auch in einem freiwilligen sozialen oder ökologischen Jahr erworben haben (LKW-Führerschein, Lehrgänge, medizinische Kenntnisse usw.).
- Eine abgeschlossene Lehre sollten Sie praktisch immer nachweisen. In der Regel dient dazu das Abschluss-

zeugnis der Industrie- und Handelskammer oder der Handwerkskammer. Alternativ oder ergänzend können Sie auch das Zeugnis Ihres Ausbildungsbetriebs, ein gutes Abschlusszeugnis der Berufsschule und gute Zwischenzeugnisse vorlegen.

- Das Zeugnis Ihres Hochschulexamens werden Sie bei Bewerbungen zeitlebens vorzulegen haben. Mögliche Ergänzungen sind gute Zwischenzeugnisse, Bescheinigungen über freiwillige Zusatzveranstaltungen, Hilfskraft- oder Assistententätigkeit. Legen Sie aber nicht etwa Ihre ganze Diplom-, Magister- oder Doktorarbeit bei.
- Wertvoll sind Bescheinigungen über berufliche Erfahrungen (Praktikum, Volontariat, Ferienjob, Lehre), in denen Ihr damaliger Arbeitgeber lobende Worte über Sie findet. Einfache Bescheinigungen sind meist überflüssig; es genügt die Erfahrungen zu nennen.
- Bescheinigungen von Zusatzqualifikationen, etwa besuchte Kurse, Seminare oder Fortbildungen, können Ihre Bewerbung aufwerten.
- Besondere Kenntnisse und Fähigkeiten sind meist nicht so leicht zu belegen. Machen Sie sich stets auf Nachfragen im Vorstellungsgespräch gefasst. Womöglich will Ihr Gesprächspartner Ihre ausgezeichneten Französischkenntnisse testen und sich mit Ihnen in der Fremdsprache unterhalten.

Die Aufbereitung der Bewerbungsunterlagen

Bei der Aufbereitung der gesamten Bewerbungsunterlagen sollten Sie sich darum bemühen, den Bearbeiterinnen und Bearbeitern die Arbeit zu erleichtern. Dadurch erreichen Sie zum einen das Wohlwollen Ihrer Leser, zum anderen kommen Ihre Argumente auch wesentlich klarer zum Ausdruck.

Versenden Sie stets nur – gute – Kopien Ihrer Dokumente, nie die Originale. Wenn ein wichtiges Dokument verloren geht, ist der Ärger groß. Beglaubigungen sind in der Regel nicht erforderlich. Im Original muss nur das Bewerbungsschreiben vorliegen, außerdem der Lebenslauf (zumindest aber dessen Unterschrift) und mitunter Arbeitsproben (Gemälde, Zeichnungen).

Den Lesern Ihrer Bewerbungsunterlagen können Sie die Arbeit vor allem durch drei Maßnahmen erleichtern: Erstens sollten ihnen die einzelnen Blätter beim Öffnen des Briefumschlags nicht lose entgegenflattern. Zum Zweiten müssen sie zum Bearbeiten auch an die einzelnen Unterlagen herankommen; stecken Sie also nicht jedes Blatt gesondert in eine geschlossene Klarsichthülle, aus der es nur mühsam zu entnehmen ist. Drittens sollten Sie die Anlagen nach dem Motto ordnen: das Wichtigste bzw. Jüngste obenauf (das Erste wird also immer der Lebenslauf sein). Ihr Anlagenverzeichnis (am Fuß des Bewerbungsschreibens oder auf einem besonderen Deckblatt) hält die gleiche Reihenfolge ein. Mit all diesen Maßnahmen sorgen Sie für einen guten Eindruck bzw. vermeiden unnötigen Ärger.

Ob Sie sich dann für Klarsichthüllen, Schnellhefter oder andere Ordnungsmittel enscheiden, ist daneben zweitrangig. Selbst mit einer noch so schönen Präsentation wird ein Bewerber die Leser nicht vom Inhalt ablenken können. Die Blätter werden üblicherweise nicht geknickt, sondern im A4-Format belassen; das sieht besser aus. Das Anschreiben selbst wird übrigens nicht mit den übrigen Unterlagen zusammengeheftet, sondern liegt lose im Umschlag.

Bevor Sie Ihre Bewerbung versenden, fertigen Sie sich Kopien an (vor allem von Anschreiben und Lebenslauf), damit Sie vor einem Vorstellungsgespräch noch einmal nachlesen können, was Sie geschrieben haben. Stecken Sie die Bewerbungsunterlagen in einen stabilen Umschlag, damit Ihre Unterlagen in ordentlichem Zustand ankommen. Verschicken Sie die Bewerbung im Normalfall als gewöhnlichen Brief. Einschreiben oder Eilbrief verursachen auf beiden Seiten unnötigen Aufwand. Werfen Sie den Brief persönlich ein … und dann warten Sie auf Ihre baldige Einladung zum Vorstellungsgespräch!

Tests

Angesichts der heute meist sehr hohen Bewerberzahlen werden Sie als Berufsanfänger häufiger auf Ihre Bewerbung hin noch nicht gleich die Einladung zu einem Vorstellungsgespräch erhalten, sondern zunächst die Aufforderung zur Teilnahme an einem Test.

Aufgrund der schriftlichen Unterlagen wird sehr oft im Betrieb zuerst eine Vorauswahl getroffen. Der daraufhin ausgewählte kleinere Kreis von Bewerbern soll dann noch einmal anhand von Kriterien, die der Betrieb selbst aufgestellt hat, getestet werden. Erst anschließend werden die dann noch interessant erscheinenden Kandidatinnen und Kandidaten zum persönlichen Gespräch gebeten, in dem die endgültige Entscheidung fällt.

Wenn Sie zu Tests eingeladen werden, haben Sie also bereits eine erste Hürde genommen.

Meist werden die Tests mehrere Tage vor den Vorstellungsgesprächen anberaumt. Gelegentlich finden die Gespräche jedoch auch am selben Tag statt. Sind lediglich Tests geplant, ziehen Sie sich am besten bequem an. Sind auch Gespräche geplant, sollten Sie Ihre „Vorstellungskleidung" tragen (siehe Seite 63). Hören Sie zu Beginn des Tests gut zu und lesen Sie auch die Aufgabenstellungen sorgfältig. Glauben Sie nicht hierbei Zeit zu verschwenden; es wirkt sich viel stärker aus, wenn Sie etwas nicht ganz richtig verstanden haben und falsch vorgehen.

Mit folgenden Tests können Sie konfrontiert werden:

- *Intelligenztests:* Typische Aufgaben bestehen darin, eine Reihe von vier Symbolen nach logischen Gesichtspunkten durch ein fünftes zu vervollständigen, Zahlenreihen zu ergänzen bzw. fortzuschreiben usw.
- *Kenntnistests:* Bei allgemeinen Kenntnistests soll meist durch Fragen mit verschiedenen Antwortvorschlägen zum Ankreuzen Ihre Allgemeinbildung geprüft werden. Mit fachbezogenen Kenntnistests sollen Vorkenntnisse, die dem Betrieb für die zu vergebende Stelle erforderlich erscheinen, festgestellt werden. Sind solche Tests geplant, können und sollten Sie sich gezielt vorbereiten.
- *Leistungstests:* Hier geht es um Fähigkeiten, die der Betrieb für die jeweilige Stelle für entscheidend hält. Dabei kann alles Mögliche überprüft werden, von Ihrem handwerklichen Geschick über Ihr Organisationstalent bis zu Ihren Schreibkünsten. Recht häufig sind Konzentrationstests. Dabei werden Ihnen z. B. endlose Reihen relativ einfacher Rechenauf-

gaben präsentiert. Erschrecken Sie nicht: Niemand wird alle diese Aufgaben in der zur Verfügung stehenden Zeit lösen können. Es geht vielmehr darum, in der vorgegebenen Zeit möglichst weit zu kommen ohne dabei zu viele Fehler zu machen.

- *Persönlichkeitstests:* Hier geht es nicht um Kenntnisse oder Fähigkeiten, sondern um Ihre Eigenschaften. Der Betrieb hält für die betreffende Position bestimmte Persönlichkeitsmerkmale für erforderlich. Beispielsweise sollen auf verschiedene Fragen Antworten wie „Trifft zu/Trifft nicht zu" angekreuzt werden. Statt sich zu bemühen hinter den Sinn der einzelnen Fragen zu kommen, sollten Sie lieber ehrlich antworten. Es sind Kontrollfragen eingebaut und außerdem würden Sie letztlich mit einer Stelle nicht glücklich, für die Sie nicht geeignet sind.
- *Übungen für zwei Teilnehmer:* In Rollenspielen, z. B. einer „Verhandlung", sollen ebenfalls Ihre Eigenschaften getestet werden, vor allem Verhandlungsgeschick, Durchsetzungsfähigkeit und Einfühlungsvermögen. Meist bekommen beide Partner ohne Wissen des anderen Ausgangsinformationen, die völlig unvereinbare Interessen nach sich ziehen. Betrachten Sie sich nicht als Konkurrenten, jeder wird mit seiner Leistung nur für sich bewertet.
- *Gruppenübungen:* Hier soll Ihr Verhalten in größeren Diskussionsrunden beurteilt werden. Es kommt besonders darauf an, sich zu beteiligen; die Diskussionsbeiträge sollten aber stets sachlich sein. Gut bewertet wird, wer den Überblick über den Gesprächsverlauf behält, steuernd eingreift, andere einbezieht und gelegentlich Zwischenergebnisse zusammenfasst. Sie sollten überzeugen können ohne andere unterzubuttern. Auch Zuhörenkönnen und Rücksichtnahme sind wichtig. Anders als im wirklichen Leben ist das Gesprächsthema völlig nebensächlich – eine äußerst künstliche Situation, auf die man sich erst einstellen muss.

Vorbereiten können Sie sich auf fachspezifische Kenntnistests. Im Übrigen bekommt man mit der Zeit auch Übung. Am wichtigsten ist, dass Sie ausgeruht erscheinen. Richtige Antworten sind wichtiger als viele Antworten. Verbeißen Sie sich aber nicht in Einzelfragen.
Besonders ausgeklügelt und durchorganisiert sind so genannte *Assessmentcenter* („assessment" bedeutet Einschätzung), denen insbesondere Hochschulabsolventen begegnen, z. B. bei der Vergabe von Traineestellen. Rund ein Dutzend Kandidatinnen und Kandidaten wird zu einem ein- bis zweitägigen Treffen eingeladen. Kleiden Sie sich wie zu einem Vorstellungsgespräch.
Nach einem festen Ablaufplan werden die Bewerber mit einer ganzen Reihe von Übungen konfrontiert, die den späteren Arbeitsalltag imitieren sol-

len. Durch diese Übungen soll die fachliche und persönliche Eignung für eine Tätigkeit festgestellt werden. Den Bewerbern steht eine gleich große Zahl an Psychologen und Führungskräften des Hauses gegenüber, die ihre Leistungen bewerten. Die Beobachtung richtet sich nach vorher festgelegten Kriterien. Alles wird erklärt, es geht in der Regel fair und ohne hinterhältige Tricks zu. Verstellen Sie sich nicht – über einen so langen Zeitraum kann das niemandem gelingen. Konzentrieren Sie sich besser auf die Aufgaben.

Da es meist um gehobene Positionen geht, stehen Merkmale wie Führungstalent, Durchsetzungsfähigkeit, Sozialverhalten usw. im Vordergrund. Wenn man Sie eingeladen hat, hält man Sie auch für geeignet. Es geht jetzt meist nur um Nuancen. Immer ist ein Einzelgespräch enthalten.

Ein Assessmentcenter bringt dem Betrieb exzellente Ergebnisse. Allerdings hat sich gezeigt, dass erfahrene Personalfachleute aufgrund eines Vorstellungsgesprächs praktisch immer ebenfalls die so ausgewählten Leute eingestellt hätten. Viele Betriebe rücken daher mittlerweile wieder von diesem Verfahren ab, denn es ist extrem teuer.

Gerade weil Ihre Qualitäten so zuverlässig erkannt werden, können Sie sich kaum vorbereiten. Wichtig ist, dass Sie ausgeruht erscheinen. Selbst bei einer Ablehnung profitieren Sie von der Teilnahme: Sie erhalten später, meist telefonisch, ausführlich Auskunft über Ihre Ergebnisse – ein entsprechender psychologischer Eignungstest wäre mit Sicherheit sehr teuer.

Das Vorstellungsgespräch

Wenn Sie aufgrund Ihrer Bewerbung bzw. der Testergebnisse die Einladung zu einem persönlichen Gespräch erhalten, gehören Sie zum engsten Kreis der Kandidaten für die Stelle. Man hält Sie grundsätzlich für geeignet die Position zu übernehmen. Das Gleiche gilt allerdings auch für Ihre verbliebenen Mitbewerberinnen und Mitbewerber. Sie müssen sich jetzt also noch einmal so richtig ins Zeug legen.

Der erste Schritt besteht in einer guten Vorbereitung. Machen Sie sich mit dem Verlauf eines Vorstellungsgesprächs vertraut; die Kenntnis der ungeschriebenen Regeln verleiht Ihnen zusätzliche Sicherheit.

Die Vorbereitung

Zur richtigen Vorbereitung gehören eine vertiefte Information über den künftigen Beruf, ein nochmaliges Vergegenwärtigen der eigenen Ausgangssituation (Angebot, Forderungen) mit der Aufstellung eines Fragenkatalogs, ein Durchspielen möglicher kritischer Situationen und das Bedenken einiger praktischer Dinge (Kleidung, Anreise usw.).

Information

Über Ihr bisheriges Wissen hinaus sollten Sie jetzt Ihre Information über Ihre künftige Branche, Ihren Betrieb und die Stelle noch einmal so weit wie möglich vertiefen. Im Vorstellungsgespräch steht eine Entscheidung mit weit reichenden Folgen für beide Seiten an. Ihre Gesprächspartner setzen daher einfach voraus, dass Sie sich mit Ihrer zukünftigen beruflichen Situation vertraut gemacht haben. Erwartet werden Kenntnisse über folgende Bereiche:

- *Jahresumsatz:* Haben Sie sich bei einem großen oder kleinen Betrieb beworben?
- *Gewinnsituation:* Ist das Unternehmen erfolgreich oder muss es kämpfen?
- *Mitarbeiter:* Handelt es sich um einen Groß- oder Kleinbetrieb; für weibliche Bewerber ist interessant: Wie hoch ist der Frauenanteil?
- *Rechtsform:* Ist es eine Personengesellschaft, ein Konzern, ein Staatsbetrieb, eine Behörde?
- *Beteiligungsverhältnisse:* Handelt es sich um einen selbstständigen

Betrieb oder ist er von einer Muttergesellschaft abhängig?

- *Zweigstellen:* Hat der Betrieb selbst Tochtergesellschaften?
- *Produkte:* Ihre Gesprächspartner erwarten, dass Sie wissen, was der Betrieb herstellt. Damit sind je nach Branche Waren oder Dienstleistungen gemeint. Worin wird Ihre eigene Tätigkeit bestehen?
- *Marktsituation:* Ist der Betrieb in der betreffenden Branche führend, Newcomer oder eher eine Randfigur?
- *Konkurrenzverhältnisse:* Wer bietet dasselbe Produkt außerdem an?
- *Image:* Welchen Ruf genießt der Betrieb in der Branche?
- *Entwicklung:* Ist der Betrieb erst jung oder schon alt, wie waren seine Erfolge?
- *Zukunftsaussichten:* Ist für Branche, Betrieb und Beruf eher mit Wachstum oder mit Rückgang zu rechnen?

Es geht dabei nicht darum, auf Befragung wie aus der Pistole geschossen exakte Daten präsentieren zu können. Aber durch ein Vertrautsein mit den Größenordnungen zeigen Sie, dass Sie ein kompetenter Gesprächspartner sind und dass Sie mitreden können. Bei einigen dieser Punkte werden Sie sich allerdings fragen: Wie soll ich an diese Information herankommen? Doch es gibt mehr Informationsquellen, als Sie denken:

- Wenn Sie sich auf eine Stellenanzeige beworben haben, kann oft bereits eine gründliche Lektüre des Anzeigentexts eine Menge Informationen liefern.
- Studieren Sie Zeitungen, Fachzeitschriften der Branche, Onlinedienste usw. Interessant ist vor allem der Wirtschaftsteil. Achten Sie aber auch auf Anzeigen: Die Werbung kann Ihnen Informationen geben, mitunter werden auch Geschäftsberichte veröffentlicht.
- Es stehen zahlreiche Nachschlagewerke zur Verfügung, sowohl zu einzelnen Branchen, zu Berufen als auch zu Betrieben. Entsprechende Nachschlagewerke finden Sie nicht nur im Buchhandel, sondern auch in Bibliotheken. Das Arbeitsamt gibt zur ersten Information die „Blätter zur Berufskunde" heraus.
- Industrie- und Handelskammern, Handwerkskammern, Innungen, Verbände und Gewerkschaften halten Informationsmaterial bereit und geben Auskünfte.
- Auch die Firma bzw. die Behörde, bei der Sie sich beworben haben, verfügt wahrscheinlich über Geschäftsberichte, Broschüren oder Werbemittel. Sagen Sie ruhig, dass Sie sich gerne informieren möchten. Oder fragen Sie einfach in der Presseabteilung nach. Hier wird man Ihnen in der Regel gerne weiterhelfen.
- Fragen Sie Eltern und Verwandte, Lehrer, Freundinnen und Freunde. Besonders interessant sind natürlich Personen mit Berufserfahrung und Mitarbeiter in Betrieben.

Fragenkatalog

Ergänzend zu Ihrer Information sollten Sie sich auch noch einmal Ihren Angebots- und Forderungskatalog vor Augen führen. Auch Ihre Gesprächspartner werden es schätzen, wenn Sie ihnen mit durchdachten Fragen und Argumenten gegenübertreten. Darüber hinaus sollten Sie einen Katalog all der jetzt noch offenen Fragen aufstellen, die Sie im bevorstehenden Gespräch unbedingt noch klären müssen. Formulieren Sie die Liste ruhig schriftlich und nehmen Sie sie zu dem Gespräch mit. Auch Antworten dürfen Sie sich kurz notieren. In der Aufregung des Gesprächs könnten Sie sonst leicht etwas vergessen; außerdem machen Sie mit einer solchen Liste auch den Eindruck gut vorbereitet zu sein. Folgende Fragen können im Vorstellungsgespräch wichtig sein:

- Wie ist meine Aufgabe zu beschreiben? Entspricht die Arbeit meiner Neigung und meiner Eignung, werde ich weder unter- noch überfordert? Werde ich für ein festes Aufgabengebiet eingeteilt oder habe ich wechselnde Aufgaben zu erledigen? Ihre Gesprächspartner erwarten, dass Sie zum Bereich Ihrer künftigen Tätigkeit auf jeden Fall konkrete Fragen stellen.
- Warum ist die Stelle frei? Ist der Vorgänger in den Ruhestand gegangen, auf eine bessere Position gewechselt oder war er etwa unzufrieden und stimmt etwas mit der Stelle nicht? Oder wurde die Position erst neu eingerichtet? Hier müssen Sie gegebenenfalls sehr behutsam vorgehen und auf Andeutungen achten. Sie werden nicht unbedingt eine offene Antwort bekommen.
- Werde ich gründlich eingearbeitet oder ins kalte Wasser geworfen? (Beides hat übrigens seine Vor- und Nachteile.)
- Wie sind die Aussichten für Karriere, Entfaltung, Weiterbildung, einen Auslandseinsatz?
- Wie hoch ist das Gehalt? Bedenken Sie hier auch Sonderleistungen, Provisionen usw.
- Wie ist die Arbeitszeit geregelt? Gibt es Gleitzeit, Nachtarbeit, Schichtdienst, Teilzeit?
- Wie sehen die sonstigen Konditionen aus (Eintrittstermin, Probezeit, Entscheidungszeitpunkt usw.)?
- Wie ist der Arbeitsplatz ausgestattet? Bestehen Gesundheits- oder Sicherheitsrisiken?
- Wie sieht die Mitarbeiterstruktur aus (Zahl, Alter, Frauenanteil, Umgangston)? Ist mehr Team- oder Einzelarbeit vorgesehen, sind Sie weisungsbefugt oder Weisungsempfänger?
- Macht Ihr künftiger Chef einen fachlich wie menschlich kompetenten Eindruck? Wie ist der Führungsstil?

Klären Sie im Gespräch alle Fragen, die für Ihre Entscheidung, ob Sie die Stelle annehmen wollen, wesentlich sind. Verzichten Sie auf Fragen, die keinen Einfluss auf diese Entschei-

dung haben (Länge der Frühstückspause usw.).
Nicht alle Fragen werden Sie direkt stellen können. Mitunter müssen Sie auch auf Zwischentöne achten und Fingerspitzengefühl beweisen (Beispiel: Arbeitsatmosphäre). Manche Fragen von Ihrer Liste werden sich außerdem im Laufe des Gesprächs von alleine beantworten.

Planung und Probedurchlauf

Nach dieser theoretischen Vorbereitung sollten Sie auch versuchen das bevorstehende Gespräch im Voraus konkret durchzuspielen. Insbesondere können Sie vorher üben Ihren Lebenslauf vorzutragen (siehe Seite 67).
Sie sollten auch überlegen, zu welchen heiklen Fragen Ihr Lebenslauf Anlass geben könnte, und überzeugende Antworten vorbereiten. Am besten ist es, wenn Sie das Ganze mit einer guten Freundin oder einem Freund vorher üben können. Ihr Partner sollte dabei die Rolle übernehmen Ihnen überzeugende Antworten zu möglichst unangenehmen Fragen abzuverlangen.

Praktische Einzelheiten

Schließlich sind vor dem Gespräch auch noch ein paar ganz praktische Dinge zu klären: Terminabsprache, Anreise, Frage der Kleidung, für das Gespräch erforderliche Unterlagen.
Auch wenn Sie den *Termin* wie in der Einladung vorgeschlagen wahrnehmen wollen, können Sie durchaus vorher im Betrieb anrufen um Ihr Kommen zu bestätigen. Nebenher können Sie sich dabei nach Namen und Funktionen Ihrer künftigen Gesprächspartner erkundigen, damit Sie sich besser auf das Interview einstellen und Ihre Partner bereits persönlich ansprechen können.
Zusätzlich können Sie versuchen in einem Telefonat mit Ihrem Gesprächspartner bereits eine persönliche Basis für das Interview zu schaffen, sofern Sie sich das zutrauen. Als Vorwand können Sie sich eine für Sie wesentliche Frage überlegen, die Sie im Vorfeld noch klären wollen. Stellen Sie sich dabei aber darauf ein, dass auch Ihnen vielleicht bereits Fragen gestellt werden.
Eine Terminverlegung ist meist unproblematisch. Sie sollten allerdings gute Gründe angeben können, weil im Betrieb in der Regel eine gewisse Koordinierungsarbeit erforderlich ist.
Nehmen Sie sich übrigens für den Tag des Gesprächs nichts anderes mehr vor, damit Sie nicht unter Termindruck geraten, wenn das Gespräch länger dauert als erwartet.
Bei der *Anreise* ist vor allem Pünktlichkeit wichtig. Zuspätkommen sorgt fast immer für einen schlechten ersten Eindruck. Planen Sie also besser so, dass Sie eine Viertelstunde zu früh da sind. Kalkulieren Sie Verzögerungen ein (Staus, Umleitungen, Verspätungen, verpasste Anschlüsse). Und wenn sich doch eine Verspätung abzeichnet: Rufen Sie auf jeden Fall an.

Bei der Wahl Ihrer *Kleidung* sollten Sie zwei Grundregeln beachten: Die Kleidung muss zur Stelle passen. Sie muss aber auch zu Ihnen passen. In der Regel sollte die Kleidung etwas feiner ausfallen als in Ihrem künftigen Arbeitsalltag. Beim Graphikdesigner im schwarzen Anzug zu erscheinen macht Sie unmöglich. Umgekehrt sollten Sie beim Wirtschaftsprüfer nicht im Freizeitlook auftauchen. Wenn Ihnen die Kleidung aber so wenig passt bzw. so unbequem ist, dass Sie sich im Gespräch unwohl fühlen, ist das eine schlechte Voraussetzung. Die Kleidung spielt eine große Rolle beim wichtigen ersten Eindruck. Von Bedeutung ist vor allem ein gepflegtes Erscheinungsbild. Meiden Sie Übertreibungen (Duft, Schmuck usw.).

Mitnehmen sollten Sie die folgenden *Unterlagen:*

- das Einladungsschreiben (verrät Ihnen nicht zuletzt den genauen Treffpunkt),
- eine Kopie Ihres Bewerbungsschreibens und Lebenslaufs,
- Ihren Fragenkatalog.

Zusätzliche Dokumente sind im Gespräch im Allgemeinen nicht gefragt. Dagegen sollten Sie immer einen Stift griffbereit halten um wichtige Informationen notieren zu können.

Der Verlauf eines Vorstellungsgesprächs

Eine Personaleinstellung bedeutet für ein Unternehmen eine beträchtliche Zukunftsinvestition. Daher soll zuvor die Eignung des Bewerbers gründlich geprüft werden. Umgekehrt will der Betrieb die geeigneten Bewerber für sich gewinnen.

Die Annahme einer Arbeitsstelle ist aber auch für Sie eine bedeutsame Zukunftsentscheidung, vor der Sie eine Menge Information benötigen; außerdem wollen Sie natürlich für sich werben. Im Idealfall dient also ein Vorstellungsgespräch dazu, dass beide Seiten genau prüfen, ob sie zueinander passen.

Die Teilnehmer

In der Regel werden Ihnen ein oder zwei Gesprächspartner gegenüber sitzen. Darunter können Vertreterinnen oder Vertreter der Personalabteilung sein oder leitende Mitarbeiter Ihrer künftigen Fachabteilung, mitunter lassen es sich auch Chefinnen oder Chefs nicht nehmen Stellenbewerber selbst zu begutachten. Sie müssen versuchen alle Gesprächsteilnehmer für sich zu gewinnen, auch scheinbar Unbeteiligte – sie können womöglich den Ausschlag geben.

Der wichtigste Gesprächsteilnehmer sind natürlich Sie selbst. Um persönlich und fachlich einen guten Eindruck zu machen sollten Sie Folgendes beachten:

- Finden Sie Ihre Gesprächspartner sympathisch (auch wenn's schwer fällt) – das überträgt sich.
- Reden Sie Ihre Gesprächspartner mit Namen an.
- Halten Sie Blickkontakt und sehen Sie nicht auf den Boden oder aus dem Fenster.
- Machen Sie ein freundliches und offenes Gesicht.
- Sprechen Sie laut und deutlich.
- Hören Sie aufmerksam zu und antworten Sie bereitwillig.
- Behalten Sie während des ganzen Gesprächs im Kopf, worum es im Grunde geht: Sie sind die Lösung für ein Problem, das der Betrieb durch eine passende Personaleinstellung beheben will.
- Tragen Sie Ihren Lebenslauf als eine Werbung für Ihre Person vor, also als ein nutzbringendes Angebot für den Betrieb. Lassen Sie bei allem, was Sie schildern, deutlich werden, wie gut Sie erworbene Qualifikationen werden einsetzen können.
- Übernehmen Sie wenn erforderlich an geeigneter Stelle selbst die Gesprächsinitiative (sei es zur Selbstdarstellung oder um Informationen zu bekommen). Es nutzt Ihnen nichts, wenn nur Ihr Partner redet und sich dann nachher gar nicht mehr an Sie erinnern kann.
- Antworten Sie auf alle Fragen mit einem überlegten, sachlichen und positiven Erklären; lassen Sie sich nie zu einer aggressiven oder emotionalen Reaktion provozieren. Und vor allem: Äußern Sie nie etwas Schlechtes über andere!
- Verstellen Sie sich nicht – das kann Ihnen mit Personalprofis auf Dauer sowieso nicht gelingen.

Im Vorstellungsgespräch geht es nicht allein darum, fachlich zu überzeugen. Der persönliche Eindruck spielt eine ganz wichtige Rolle. Auch wenn Sie das ungerecht finden sollten: Ihre Gesprächspartner werden auch danach entscheiden, ob sie Sie sympathisch finden.

Der Ablauf

Es gibt kein festgelegtes Schema für den Ablauf von Vorstellungsgesprächen; jedes Interview wird ganz individuell verlaufen. Einer Reihe fester Elemente werden Sie aber in jedem Gespräch begegnen.
Im Mittelpunkt wird stets Ihr Lebenslauf stehen. Breiteren Raum nehmen außerdem die Information über Stelle und Betrieb sowie gegebenenfalls die Gehaltsfrage ein. In diesen drei Punkten werden sich Vorstellungsgespräche am stärksten voneinander unterscheiden, sowohl was Inhalt als auch Umfang und Reihenfolge betrifft, während sie sich in den übrigen Bestandteilen oft in überraschendem Maße ähneln. Insgesamt besteht ein typisches Vorstellungsgespräch aus folgenden Elementen:

- *Warten:* Sie müssen pünktlich sein und werden daher meist zu früh eintreffen. Gehen Sie spazieren oder warten Sie am Empfang. Betreten Sie nie zu früh das Zimmer Ihres Gesprächspartners. Lassen Sie sich Ihre Vorbereitung noch einmal durch den Kopf gehen.
- *Der erste Eindruck:* Sie stehen einander zum ersten Mal gegenüber. Beachten Sie die oben genannten Verhaltensregeln. Richtig gekleidet und gut vorbereitet werden Sie auch sicher auftreten.
- *Begrüßung:* Setzen Sie alles daran, die Namen zu verstehen. Fragen Sie notfalls nach.
- *Aufwärmfrage:* „Haben Sie den Weg zu uns gut gefunden?" oder eine ähnliche Frage soll die Atmosphäre etwas auflockern; erwidern Sie auch etwas Nettes.
- Man wird Ihnen meist eine *Tasse Kaffee* anbieten.
- *Gesprächseröffnung:* Die Gesprächsführung wird stets Ihr Gesprächspartner übernehmen; lassen Sie ihm diese Moderatorenrolle, greifen Sie aber notfalls selbst ein.
- *Information über Betrieb und Stelle:* Wenn Ihr Gesprächspartner zu Anfang einen kleinen Vortrag hält, soll Ihnen damit ein wenig die Nervosität genommen werden. Zeigen Sie dabei Interesse, stellen Sie Ihre Fragen und lassen Sie Wissen aus Ihrer Vorbereitung einfließen.
- *Ihr Lebenslauf:* Dieses Thema wird den breitesten Raum einnehmen. Ihr Gesprächspartner will aus Ihrem bisherigen beruflichen Werdegang Ihre Eignung für die Stelle ableiten. Daher werden Ihnen hierzu zahlreiche Fragen gestellt, die nicht aus Ihren schriftlichen Unterlagen zu beantworten sind. Besonderes Interesse besteht an den Begründungen für Ihre Entscheidungen.
- *Die Gehaltsfrage:* Überlassen Sie es Ihren Gesprächspartnern dieses Thema anzuschneiden. Hierzu kommt es in der Regel erst, wenn zuvor in allen anderen wesentlichen Punkten Einigkeit erzielt worden ist – mitunter auch erst in einer zweiten Gesprächsrunde, nachdem ein grober Rahmen abgesteckt ist.
- Zum Abschluss werden Sie fast immer gefragt, ob *Sie noch eine Frage haben.* Betonen Sie hier am besten noch einmal, wie interessant Ihnen die Stelle erscheint.
- Bevor Sie auseinander gehen, sollte das *weitere Vorgehen* geklärt werden. Wann bekommen Sie Nachricht? Sollen Sie sich selbst erkundigen? Steht ein weiteres Gespräch bevor?
- *Abschied:* Ein starker Abgang ist wichtig, aber nicht so entscheidend wie ein guter erster Eindruck.

Das Gespräch wird meist zwischen einer halben und zwei Stunden dauern. Möglicherweise werden auch zwei Gespräche anberaumt. Sie können am gleichen Tag nacheinander stattfinden (z. B. in der Personal- und in der Fachabteilung). Das erste

Gespräch kann auch den Charakter einer Vorabinformation haben und das zweite, entscheidende Gespräch folgt dann einige Tage später.
Die *Kostenerstattung* wird meist im Lauf des Gesprächs von Betriebsseite angesprochen. In der Regel hat der Betrieb Ihre Anreisekosten (eventuell auch die Unterkunft) im Umfang der Verhältnismäßigkeit zu erstatten. Er kann die Erstattungspflicht jedoch ausschließen, wenn er Sie in der Einladung darauf hinweist. In einem solchen Fall erstattet möglicherweise das Arbeitsamt einen Teil der Kosten oder Sie können die Kosten in Ihrer Steuererklärung als berufsbedingte Aufwendung absetzen. Als verhältnismäßig gelten bei Terminen im Inland Kosten im Umfang einer Bahnfahrt zweiter Klasse, auch wenn Sie mit dem Auto anreisen. Ist eine Hotelübernachtung erforderlich, sollten Sie sich immer mit dem Betrieb absprechen – auch weil Ihnen oft bei der Zimmersuche geholfen wird.
Mitunter bekommen Sie vor dem Gespräch einen *Personalfragebogen* zum Ausfüllen – eine Art standardisierter Lebenslauf. Behalten Sie beim Beantworten sämtlicher, vor allem der etwas heiklen Fragen die in den Kapiteln „Lebenslauf" und „Vorstellungsgespräch" genannten Ratschläge im Kopf.

Fragen

Im Allgemeinen können Sie sich darauf verlassen, dass Sie im Vorstellungsgespräch fair behandelt werden. Niemand wird versuchen Sie „hereinzulegen", es wird ein freundlicher Ton herrschen. Sie brauchen also nicht hinter jeder Frage eine Falle zu vermuten. Im Gegenteil: Wenn Sie derart mit Misstrauen erfüllt sind, wird es Ihnen schwer fallen einen sympathischen Eindruck zu vermitteln. Natürlich kann der Ton auch einmal etwas forscher werden. Sie sollten aber auf alle Fragen stets in Form eines sachlichen Erläuterns antworten (ganz besonders auch auf provokante Fragen).
Für Unsicherheit sorgt vielfach die ungewohnte, für Vorstellungsgespräche typische indirekte Art zu fragen. Ihre Gesprächspartner werden Sie nicht geradeheraus fragen, ob Sie die erforderliche Eignung für eine Position haben. Der Grund ist ihre Vermutung, dass Sie dann auf jeden Fall mit Ja antworten würden um die Stelle zu bekommen. Vielmehr werden sie Ihnen gezielt Fragen zu bestimmten Stationen Ihres Lebenslaufs stellen und aus Ihren Auskünften zur Vergangenheit auf Ihre zukünftige Eignung zu schließen versuchen. Wer sich auf die Situation des Vorstellungsgesprächs nicht vorbereitet hat, wird dann nicht verstehen, was diese Fragen bezwecken sollen, Fallen vermuten, bei den Antworten unsicher sein und vor allem oft gar nicht auf die Themen eingehen, auf die der Interviewer eigentlich hinauswill.

Zielorientierte Präsentation des Lebenslaufs

Die Fragen, die Ihnen gestellt werden, können Ihre Ausbildung (Schule, Lehre, Universität, Weiterbildung), berufliche Erfahrungen (fachliche Kenntnisse und Fertigkeiten) und Ihre persönlichen Eigenschaften (auch Hobbys, Eltern usw.) betreffen. Sie können gebeten werden Ihren Lebenslauf insgesamt vorzutragen oder Sie werden nach einzelnen Punkten gefragt.

Kommen Sie dabei nicht ins Plaudern, sondern versuchen Sie stets einen Bezug zu der Stelle herzustellen, um die es gerade geht. Wenn Sie nach einer bestimmten Station auf Ihrem Lebensweg gefragt werden, greifen Sie am besten ein, zwei konkrete Erfahrungen heraus, die Ihrer Meinung nach für die Stelle relevant sind, und schildern Sie diese genauer. Wenn Sie sich also beispielsweise um einen Ausbildungsplatz als Versicherungskaufmann bewerben und nach Ihrer Schulzeit gefragt werden, dann sollen Sie keinen ausführlichen Bericht über deren Ablauf von Anfang bis Ende liefern; Sie sollten auch keine Anekdoten über Lehrer oder Mitschüler zum Besten geben und auch nicht über Ihre Erfolge im Chemieunterricht berichten. Stattdessen tragen Sie vor, was Ihr Gesprächspartner hier gerne hören würde. So haben Sie z. B. stets eine gewisse Neigung zur Mathematik gehabt, die auch in Ihrer Fächerwahl zum Ausdruck kam. Und während der Schulzeit haben Sie zusätzlich einen Kurs zum Umgang mit Tabellenkalkulationen belegt.

Begründungen und „roter Faden"

Bei allem, was Sie sagen, wird Ihr Gegenüber stets auf zwei Dinge besonders achten: Schlüssigkeit und Begründungen. Ihre Darstellung muss einen kritischen Zuhörer überzeugen, der Sie nicht persönlich kennt.

Sowohl der schlüssige Ablauf als auch die Begründungen sollten einen Bezug zur angestrebten Stelle erkennen lassen – in Ihrer Darstellung, wohlgemerkt; die Wirklichkeit kann auch ein wenig anders gewesen sein. Sie müssen nur glaubhaft wirken!

Ihr Gesprächspartner möchte gerne den Eindruck gewinnen, dass Ihre Entscheidungen auf dem bisherigen beruflichen Lebensweg in sich *schlüssig* waren, damit auch Ihre jetzige Entscheidung für die Stelle sich nicht später zum beiderseitigen Nachteil als Fehlentscheidung herausstellt. Sie sollten in Ihrem Bericht also einen „roten Faden" erkennen lassen. Dazu müssen Sie sich auf jeden Fall vor dem Gespräch vorbereiten, zumal der eigene Lebensweg sich oft keineswegs als so gerade und schlüssig herausstellen wird.

Zum anderen ist Ihr Gesprächspartner bei allen Entscheidungen auf Ihrem beruflichen Lebensweg (z. B. Fächerwahl, Studienortwechsel, die jetzige Bewerbung) an den *Begründungen* und Motiven interessiert. Er wird konkret danach fragen, wenn Sie nicht von selbst darauf eingehen. Hier geht es ebenfalls darum, dass Ihre Entscheidung für die jetzt zur Debatte stehende Stelle möglichst fundiert sein soll. Auch diese Begründungen sollten Sie sich in Ihrer Vorbereitung zurechtlegen, wobei Sie auch hier wieder die Wirklichkeit ein bisschen schönen können. Der Reiz einer Veränderung, der Wunsch vorwärts zu kommen und die Suche nach größerer Verantwortung sind – überzeugend vorgetragen – im Zweifel meist überzeugende Argumente. Begründen Sie Ihre Entscheidungen nie mit etwas Negativem. Weitere Bewerbungen können Sie ohne weiteres zugeben, sofern Sie ein klares Berufsziel erkennen lassen.

Antworten auf vorhersehbare kritische Fragen

Nicht alle Fragen werden leicht und gefällig zu beanworten sein. Dies gilt ganz besonders, wenn ein Lebenslauf zeitliche Lücken, Umentscheidungen oder Richtungswechsel enthält.
Der mögliche Umgang mit solchen „Schwachstellen" wurde bereits erwähnt (siehe Seite 45). Es kommt aber vor allem darauf an, dass Sie vorher Ihren eigenen Lebenslauf auf Ansatzpunkte für solche heiklen Fragen kritisch untersuchen und sich eine Antwortstrategie zurechtlegen, sie am besten sogar vor kritischen Zuhörern üben. Denn in der angespannten Situation des Vorstellungsgesprächs selbst werden Sie nicht so schnell auf die richtigen Antworten kommen.
Wenn Sie als junge Frau auf das Thema Familienplanung und Kinder angesprochen werden, sollten Sie von der Tendenz her folgendermaßen argumentieren: Sie wollen sich zunächst ganz Ihrer beruflichen Laufbahn widmen, aus diesem Grunde haben Sie sich ja auch beworben.
Generell unzulässige Fragen gibt es übrigens nicht. Und grundsätzlich müssen Sie wahrheitsgemäß antworten. Aber wenn eine Frage für die angestrebte Stelle nicht relevant ist, sind Notlügen erlaubt. Dies gilt in den meisten Fällen auch für Fragen nach einer Schwangerschaft. Reagieren Sie aber auf keinen Fall aggressiv oder rechthaberisch, bleiben Sie beim ruhigen, sachlichen Erklären.

Gehalt und Eintrittstermin

Erst wenn das Gespräch so weit gediehen ist, dass eine Einstellung möglich erscheint, wird es um die Konditionen für eine Zusammenarbeit gehen. Dazu gehören vor allem Gehalt und Eintrittstermin. Insbesondere über die Gehaltsfrage sollten Sie sich also ebenfalls vor dem Vorstellungsgespräch informiert haben. Bei Positionen für Berufsanfänger ist allerdings der Gehaltsrahmen des Betriebes meist ohnehin sehr eng und festgelegt.

Die Entscheidung

Nach Abschluss der Vorstellungsgespräche beginnt der Entscheidungsprozess – auf beiden Seiten. Der Betrieb wird möglicherweise noch Gespräche mit weiteren Kandidaten führen. Nach Abschluss aller Gespräche werden sich die an der Auswahl Beteiligten über ihre Eindrücke von den Bewerberinnen und Bewerbern austauschen und eine Rangliste aufstellen. Den Kandidatinnen oder Kandidaten, die für die zu vergebenden Positionen am besten geeignet erscheinen, wird eine Stelle angeboten. Die übrigen Kandidaten erhalten eine Absage. Die Entscheidung des Betriebes sollte Ihnen binnen einer Woche nach dem Gespräch mit dem letzten Teilnehmer zugehen.
Die letzte Entscheidung liegt aber bei Ihnen. Wenn Sie sich dafür entscheiden, ein Stellenangebot des Betriebes anzunehmen, folgt der Abschluss eines Arbeitsvertrages.

Absage

Eine Absage ist stets eine Enttäuschung. Lassen Sie sich aber keinesfalls entmutigen. Begreifen Sie eine solche Entscheidung vor allem niemals als Urteil über Ihre Person – eine Absage bezieht sich immer nur auf die Eignung für eine ganz bestimmte Position in einem ganz bestimmten Team.
Wenn Sie bereits zum Vorstellungsgespräch eingeladen waren, dann waren Sie auf jeden Fall für die Stelle geeignet; bei der Entscheidung zwischen den eingeladenen Kandidaten entscheiden immer nur Nuancen.

TIPP

Erkundigen Sie sich telefonisch nach den Gründen für eine Absage; schriftlich werden Sie kaum eine aussagefähige Auskunft bekommen. Wählen Sie den Gesprächspartner, mit dem Sie sich am besten verstanden haben, und rufen Sie ihn an. Was Sie erfahren, kann Ihnen wertvolle Hinweise für künftige Gespräche geben.

Falls Sie bereits nach Ihrer schriftlichen Bewerbung eine Absage erhalten haben, werden Sie allerdings auch telefonisch meist keine Auskunft über die Gründe bekommen.

Zusage

Wenn Ihnen eine Stelle angeboten wird, dann liegt die letzte Entscheidung bei Ihnen. Bei einem vernünftigen Stellenanbieter müssen Sie sich nicht sofort entscheiden. Mehr als zwei, allerhöchstens drei Tage Bedenkzeit sollten Sie sich allerdings nicht erbitten.
Bei aller Freude im Falle einer Zusage – gehen Sie noch einmal den Katalog Ihrer Forderungen an eine Arbeitsstelle durch. Nehmen Sie keine Stelle an, die für Sie unabdingbare Forderungen nicht erfüllt, denn in einem solchen Fall werden über kurz oder lang weder Sie noch der Arbeitgeber etwas von dieser Stellenbesetzung haben.
Lehnen Sie aber umgekehrt auch keine Stelle ab, nur weil sie Bedingungen nicht erfüllt, bei denen Sie Kompromisse eingehen können. Beraten Sie sich mit Personen, deren Urteil Sie vertrauen. Falls eine Stelle für Sie nicht infrage kommt: Teilen Sie dem Betrieb aus Fairnessgründen Ihre Entscheidung mit, sobald Sie sicher sind.

Arbeitsvertrag

Im Arbeitsvertrag werden, zumeist schriftlich, alle wesentlichen Bestimmungen für das künftige Arbeitsverhältnis geregelt. Dazu gehören vor allem die Bezeichnung der Vertragspartner und die Beschreibung Ihrer Tätigkeit, Eintrittstermin, Arbeitszeit und Urlaubsregelung, Vergütung, Probezeit, Kündigungsbestimmungen, gegebenenfalls Angaben zur Berufsschule. Die wichtigsten Konditionen werden Sie dabei bereits im Vorstellungsgespräch ausgehandelt haben. Für nicht im Vertrag geregelte Punkte gelten die gesetzlichen Bestimmungen bzw. Tarifverträge.

Ein Schnelldurchgang: die wichtigsten Tipps

■ Tragen Sie alle Ihre Kenntnisse, Fähigkeiten, Erfahrungen und Eigenschaften zu einem *Angebotskatalog* zusammen: Auf welchen Teilgebieten Ihrer *Ausbildung* (Schule, Wehr- oder Zivildienst, Berufsausbildung, Studium) waren Sie stark, was waren Ihre Schwerpunkte, Fächerkombination, Diplomarbeit, Lieblingsfächer? Haben Sie sich in freiwilligen Zusatzkursen, Arbeitsgruppen, als Hilfskraft usw. engagiert? Haben Sie Auslandserfahrung? Können Sie im Falle schlechter Abschlusszeugnisse bessere Zwischenzeugnisse oder gute Leistungen in bestimmten Fächern vorweisen? Prüfen Sie, ob Sie in irgendeiner Form *berufliche Erfahrungen* angeben können; dazu zählen neben festen Stellen auch selbständige Tätigkeit, freie Mitarbeit, Berufsausbildungen und Volontariate, Praktika und Ferienjobs, Tätigkeiten in der Wehr- oder Zivildienstzeit, Diplomarbeiten in Zusammenarbeit mit einem Betrieb, Aushilfsjobs usw. Stellen Sie zusammen, was Sie an *Zusatzqualifikationen* und *besonderen Kenntnissen und Fähigkeiten* anbieten können. Besonders gefragt sind häufig Maschineschreiben, Textverarbeitung, Fachfortbildung, Sprachkenntnisse, Computerkenntnisse, Führerschein. Welche *persönlichen Eigenschaften* haben Sie zu bieten? Gehen Sie in Ihrer *Freizeit* Aktivitäten nach, die für Arbeitgeber interessant sein könnten, beispielsweise handwerkliche, musische, sportliche, gesundheitsfördernde Hobbys, freiwillige Mitarbeit in sozialen oder kirchlichen Einrichtungen, Jugendarbeit usw.? Gibt es *Personen mit Beziehungen* zur Arbeitswelt, die von Ihren Qualitäten überzeugt sind und die bereit sind Sie zu empfehlen?

■ Stellen Sie auch einen *Forderungskatalog* auf. Welche Bedingungen muss ein Beruf, eine Stelle für Sie persönlich auf jeden Fall erfüllen? Denken Sie an die Art der Tätigkeit, Entwicklungsmöglichkeiten, Einkommen, Arbeitszeit, sonstige Konditionen, Arbeitsplatzausstattung, Kollegen und Teamarbeit, Vorgesetzte und Geschäftsführung, wirtschaftliche Aussichten von Betrieb und Branche, Kontakt zu Freunden und Familie, Arbeitsort.

■ Prüfen Sie im Hinblick auf Ihren Angebots- und Ihren Forderungskatalog Ihre *Anpassungsmöglichkeiten.* Können Sie Ihre Forderungen so weit zurückschrauben – ohne auf wesentliche Bedingungen zu verzichten –, dass eine Bewerbung auch um Tätigkeiten möglich ist, nach denen weniger große Nachfrage herrscht? Können Sie umgekehrt Ihren Angebotskatalog aufbessern, insbesondere in puncto Ausbildung, praktische Erfahrungen, Zusatzqualifikationen?

■ Der beste Weg nach Abschluss einer Ausbildung einen Arbeitgeber zu finden sind *freie Bewerbungen.* Nutzen Sie alle denkbaren Informationsquellen über mögliche Stellenanbieter: Telefon- und Adressbücher, Nachschlagewerke über Betriebe und Branchen (Handel, Bibliotheken), Kammern und Verbände, eventuell das Handelsregister, Zeitungen, Fachzeitschriften und andere Medien wie Hörfunk, Fernsehen, Onlinedienste (redaktioneller Teil, Geschäftsberichte, Werbung, Stellenanzeigen), Ihren Bekanntenkreis, eigene Erfahrungen (ehemalige Ferienjobs, Praktika, Volontariate, Ausbildungsbetriebe, Diplomarbeiten in Zusammenarbeit mit Firmen), Ausstellungen, Messen, Betriebsbesichtigungen. Lassen Sie sich beraten. Starten Sie eine ausgedehnte Bewerbungskampagne, bei der Sie jede Bewerbung aussagefähig auf den potenziellen Arbeitgeber zuschneiden.

■ Suchen Sie so umfassend wie möglich nach *Stellenangeboten* (Zeitungen, Fachzeitschriften, Onlinedienste, schwarze Bretter), prüfen Sie genau, ob die Stelle Ihrem Angebot und Ihren Ansprüchen entspricht, und bewerben Sie sich mit einer zielgerichtet formulierten, genau auf den Empfänger zugeschnittenen Bewerbung.

■ Wenn Sie spezielle Qualifikationen zu bieten haben, kann sich auch ein eigenes *Stellengesuch* für Sie lohnen. Suchen Sie gezielt das geeignete Medium zur Veröffentlichung Ihres Inserats aus und formulieren Sie es wie eine Bewerbung.

■ Auch wenn Sie sich einer *Arbeitsvermittlung* bedienen, besonders des Arbeitsamts, können Sie aktiv werden. Unterstützen Sie Ihren Berater, indem Sie ihm den gesamten Katalog Ihres Angebots vorlegen, ebenso aber auch den Katalog Ihrer Forderungen an eine Stelle. Bringen Sie sich immer wieder in Erinnerung, zeigen Sie sich engagiert.

■ Ein wirkungsvolles *Bewerbungsschreiben* muss Aufmerksamkeit erregen, Interesse wecken und die Empfänger dazu bewegen, Sie zum Vorstellungsgespräch einzuladen. Werben Sie für sich durch sachliches Überzeugen, indem Sie dem Betrieb möglichst konkret Nutzen durch Ihre Qualifikation (Kenntnisse, Fähigkeiten, Erfahrungen, Eigenschaften) versprechen. Bringen Sie keinen kompletten Abriss Ihres Lebenslaufs, sondern treffen Sie eine gezielte Auswahl der Glanzlicher aus Ihrem Angebotskatalog im Hinblick auf die Stelle. Versetzen Sie sich in die Lage des Empfängers. Stellen Sie Ihre Stärken so dar, dass sie auf einen Blick sichtbar werden, da Ihr Schreiben nur sehr oberflächlich gelesen wird. Nutzen Sie die Chance sich durch den Bezug auf ein zuvor geführtes Telefonat, ein Gespräch oder eine Empfehlung aus der Masse hervorzuheben. Demonstrieren Sie im Bewerbungsschreiben auch so konkret wie möglich Ihre Motivation für die Stelle und zeigen Sie, wie sehr sie Ihren Vorstellungen entspricht.

- Der *Lebenslauf* präsentiert dem Stellenanbieter als Kernstück der Bewerbung Ihre Gesamtqualifikation. Nutzen Sie den Lebenslauf um für sich Werbung zu machen; lenken Sie den Blick auf Ihre besonderen Kenntnisse, Fähigkeiten, Erfahrungen und Eigenschaften. Wählen Sie gezielt im Hinblick auf die jeweilige Stelle aus, was Sie im Lebenslauf sagen. Gehen Sie Ihren gesamten Angebotskatalog daraufhin durch, ob die einzelnen Punkte Ihrem Zweck dienen. Denken Sie bei jedem Punkt daran, welche Qualität Sie damit dem Empfänger im Hinblick auf die Stelle demonstrieren wollen. Da Ihr Lebenslauf nur sehr schnell und oberflächlich gelesen wird, sollten Sie sich kurz fassen (nie mehr als eine Seite) und so formulieren, dass alle Aussagen, auf die Sie Wert legen, auf einen Blick erfasst werden. Achten Sie bei Ihrer Darstellung darauf, dass sie bei einem fremden Leser nicht den Eindruck unerklärter Lücken und beruflicher Richtungswechsel erzeugen wird. Wenn Sie sich von Begründungen und Erklärungen Erfolg versprechen, kann die ausformulierte Version des Lebenslaufs geeigneter als die tabellarische sein.
- *Muss-Anlagen:* Lassen Sie keine Unterlagen weg, die im Stellenangebot gefordert oder üblicherweise verlangt werden. Sie laufen sonst Gefahr sofort eine Absage zu erhalten. Dazu zählen stets der Lebenslauf und der höchsterreichte Ausbildungsabschluss (Schule und Studium). In bestimmten Branchen werden Arbeitsproben erwartet. Verzichten Sie auf Bescheinigungen, die für Ihre Argumentation nicht zentral sind.
- *Kann-Anlagen:* Legen Sie Ihrer Bewerbung zum Ausgleich schlechter Zeugnisse einzelne ausgewählte Bescheinigungen über zusätzliche Qualifikationen bei, die dem Betrieb in besonderem Maße Nutzen versprechen und für Ihre Person Werbung machen. Weisen Sie auf solche Zusatzqualifikationen in Anschreiben oder Lebenslauf deutlich hin. Dazu können beispielsweise gehören: besser ausgefallene Zwischenzeugnisse, freiwillige Zusatzkurse, Spezialkenntnisse, ein gut ausgefallenes qualifiziertes Arbeitszeugnis einschließlich Beurteilung (auch von Ferienjobs, Praktika, Volontariaten), gute Arbeitsproben.
- Alle Bewerber, die es durch Ihre Bewerbung geschafft haben zum *Vorstellungsgespräch* eingeladen zu werden, haben die gleichen Chancen. Erarbeiten Sie sich einen Vorsprung durch gute *Vorbereitung.* Dazu gehören: gründliche Information über Stelle, Betrieb und Branche, eine nochmalige Vergegenwärtigung Ihres Angebots- und Forderungskatalogs, die Aufstellung eines Fragenkatalogs

für das Gespräch, Planung und Übungen zum Vortrag Ihres Lebenslaufs, insbesondere im Hinblick auf kritische Fragen. Achten Sie auf eine Darstellung, die logisch schlüssig wirkt und überzeugende Begründungen für Ihre Entscheidungen liefert. Stellen Sie Bezüge zur angestrebten Stelle her.

■ Das richtige *Verhalten* im Vorstellungsgespräch: Finden Sie Ihre Gesprächspartner sympathisch, reden Sie sie mit Namen an, halten Sie Blickkontakt, machen Sie ein freundliches und offenes Gesicht, sprechen Sie laut und deutlich, hören Sie aufmerksam zu und antworten Sie bereitwillig, verstellen Sie sich nicht. Tragen Sie Ihren Lebenslauf als eine Werbung für Ihre Person vor, also als ein nutzbringendes Angebot für den Betrieb. Übernehmen Sie wenn erforderlich an geeigneter Stelle selbst die Gesprächsinitiative – sei es zur Selbstdarstellung oder um Informationen zu bekommen. Antworten Sie auf alle Fragen mit einem überlegten, sachlichen und positiven Erklären; lassen Sie sich nie zu einer aggressiven oder emotionalen Reaktion provozieren. Äußern Sie nie etwas Schlechtes über ehemalige Stellen.

■ Begründungen und Erklärungen können Sie in Bewerbungsschreiben und Lebenslauf geben; sie werden aber vor allem im Vorstellungsgespräch zum Thema. Begründungsbedarf kann sich unter anderem bei schlechten Zeugnissen, einem Wechsel der Fachrichtung und zeitlichen Lücken im Lebenslauf ergeben. Argumentieren Sie stets sachlich, appellieren Sie nicht an Gefühle. Geben Sie nie anderen die Schuld. Sagen Sie nie etwas Negatives, geben Sie stets positive Begründungen. Weisen Sie auf den gelungenen Neueinstieg hin und betonen Sie Ihre durch die Erfahrung gewachsene Entschlossenheit künftig vollen Arbeitseinsatz leisten zu wollen. Fehlentscheidungen werden vor allem in jugendlichem Alter „verziehen".

■ Außer Begründungen bestehen in Bewerbungsschreiben, Lebenslauf und Vorstellungsgespräch vor allem die folgenden Möglichkeiten mit *Schwächen* umzugehen:

– *Verschweigen:* Auf jeden Fall ist das im Bewerbungsschreiben möglich, im Lebenslauf nur, wenn keine zeitlichen Lücken entstehen, unmöglich jedoch bei Rückfragen im Vorstellungsgespräch.

– *Ersatz anbieten:* Verweisen Sie auf andere Qualifikationen bei schlechten Zeugnissen, geben Sie bei zeitlichen Lücken Aktivitäten wie Weiterbildung, Ferienjobs und Praktika, ehrenamtliche Tätigkeiten, Auslandsaufenthalte zur Verbesserung der Sprachkenntnisse an.

– *Stehen Sie zu „Schwächen",* wenn sie für die Stelle nicht relevant sind.

– *Lügen Sie niemals.*

Register

Korrespondenz

Der moderne Brief
Von Dr. G. Reinert-Schneider – 112 S., 44 s/w-Zeichnungen, kartoniert
ISBN: 3-8068-**1440**-6
Preis: DM 14,90

Oft bereiten uns Briefe Schwierigkeiten. Aber langweilige Pflichtbriefe oder schwerverständliche Geschäftsbriefe müssen nicht sein. Das nötige Rüstzeug für einen wirkungsvollen Brief, der beim Empfänger gut ankommt, vermittelt dieser Ratgeber.

Privatbriefe
Von I. Wolter-Rosendorf
124 S., kartoniert
ISBN: 3-635-**60043**-1
Preis: DM 11,90

Viele von uns haben mit nicht alltäglichen oder wichtigen Schreiben ihre Not. Dieses Buch gibt wertvolle Ratschläge und Tipps, das Anliegen schriftlich wirkungsvoll vorzubringen.

Briefe der Anteilnahme
Von E. Ruge, M. Adam
88 S., kartoniert
ISBN: 3-635-**60138**-1
Preis: DM 12,90

Die richtigen Worte zu finden bei Abschied, Verlust, Trennung oder Tod, fällt oft schwer. Dieser Ratgeber hilft Ihnen anhand zahlreicher Beispiele, Anteilnahme angemessen auszudrücken und den Betroffenen Mut zu machen, ganz auf die Situation der Ansprechpartner abgestimmt.

Erfolgreiche Geschäftskorrespondenz
Von U. Schoenwald
112 S., kartoniert
ISBN: 3-635-**60172**-1
Preis: DM 12,90

Die Regeln für die Korrespondenz haben sich in vielen Fällen geändert und wurden internationalen Standards angepasst. In diesem praktischen Ratgeber erfahren Sie alles, was Sie über eine korrekte und zeitgemäße Briefgestaltung wissen müssen.

Briefe an Behörden
Von F. Weber – 144 S., kartoniert
ISBN: 3-8068-**1576**-3
Preis: DM 19,90

Ob Sie Einspruch oder Widerspruch erheben möchten oder einen Antrag stellen wollen, dieser Ratgeber gibt Ihnen aktuelle Tipps und Hinweise für das Schreiben an Behörden. Die Tabelle „Was erledige ich wo?“ zeigt Ihnen auf einen Blick, welche Behörde für welchen Anlass zuständig ist.

Einladungen texten und gestalten
Von R. Zey, A. Bellingen
80 S., 41 s/w-Zeichnungen, kartoniert
ISBN: 3-635-**60074**-1
Preis: DM 9,90

Ob Geburtstag, Silvesterparty, Tauffeier oder Dinner for two – es gibt immer Anlässe, nette Leute einzuladen. Dieses Buch gibt Ihnen mit rund 70 pfiffigen Mustertexten viele Ideen für die Einladung zu Ihrem nächsten Fest.

Recht

Was kostet mein Recht?

Von J. Mosler – 104 S.,
mit vielen Tabellen, kartoniert
ISBN: 3-635-**60234**-5
Preis: DM 12,90

Bei vielen Streitfällen brauchen Sie Rat, Unterstützung und Vermittlung durch andere, ob für eine Auseinandersetzung vor Gericht oder ohne Prozess.
Doch was kommt in einem solchen Fall an Kosten auf Sie zu? Mit Hilfe dieses Rechtsratgebers erfahren Sie, was Sie Ihr Recht kostet, wie Sie im voraus einen Kostenüberblick gewinnen und so Kosten vermeiden können.

Ihr Recht als Vermieter

Von R. Richter, P. J. Schneider,
A. Pollert – 208 S., kartoniert
ISBN:3-635-**60243**-4
Preis: DM 16,90

Unangenehme Mieter, Streit um das Mietobjekt, Verjährungsfristen – so manches kann einem Vermieter das Leben schwer machen. Der Ratgeber schafft einen Überblick über die wichtigsten Aspekte des Mietrechts.

Testament und Erbschaft

Von T. Drews – 192 S.,
zweifarbig, kartoniert
ISBN: 3-635-**60058**-X
Preis: DM 14,90

Was ist beim Abfassen eines Testaments zu beachten? Welche Funktionen hat ein Testamentsvollstrecker? Wie ist die gesetzliche Erbfolge geregelt? Was bedeutet Pflichtteil? Dieser Rechtsratgeber gibt Auskunft und beantwortet alle wichtigen Fragen zum Thema Testament und Erbschaft.

Mietrecht aktuell

Von H. Weber – 160 S.,
2 Zeichnungen, kartoniert
ISBN: 3-635-**60052**-0
Preis: DM 14,90

Wohnen zählt zu den Grundbedürfnissen des Menschen, doch nicht jedem gehört die eigene Bleibe. Eine fundierte Kenntnis Ihrer Rechte und Pflichten als Mieter erleichtern den Umgang mit dem Vermieter und hilft, so manches Problem zu lösen. Dieser Ratgeber informiert Sie aktuell und umfassend über wichtige Fragen des Mietrechts.

Erziehungsgeld, Mutterschutz, Erziehungsurlaub

Von J. Grönert
192 S., kartoniert
ISBN: 3-635-**60014**-8
Preis: DM 19,90

Das 1986 in Kraft getretene Bundeserziehungsgeldgesetz, das auch den Erziehungsurlaub regelt, ist in den letzten Jahren erheblich verbessert worden. Dieser Rechtsratgeber informiert leicht verständlich über den aktuellen Stand und beantwortet alle wichtigen Fragen.

Sorge- und Umgangsrecht bei Trennung und Scheidung

Von G. Etter – 136 S.,
zweifarbig, mit Grafiken und Tabellen, kartoniert
ISBN: 3-635-**60239**-6
Preis: DM 16,90

Die Zahl der gescheiterten Beziehungen und Scheidungen nimmt immer weiter zu. Hauptleidtragende sind in den meisten Fällen die Kinder. Dieser Rechtsratgeber gibt Auskunft und beantwortet wichtige Fragen.

FALKEN TaschenBuch

Stand der Preise 1.5.1997 · Änderungen vorbehalten

Umgangsformen

Umgangsformen heute
Von H.-G. Schnitzer, 275 S.,
ca. 120 Fotos, 17 Illustrationen,
gebunden
ISBN: 3-8068-**4876**-9
Preis: DM 29,90

Gute Umgangsformen, Takt und Hilfsbereitschaft sind nicht aus der Mode gekommen – ob bei Tisch oder am Arbeitsplatz, auf der Party oder beim Besuch der Schwiegermutter. Dieses nach Sachthemen gegliederte Handbuch versteht sich eher als Verhaltensempfehlung denn als „Benimm"-Vorschrift.

ABC der modernen Umgangsformen
Von I. Wolff, 222 S.,
132 zweifarbige Zeichnungen,
gebunden
ISBN: 3-8068-**4754**-1
Preis: DM 29,90

Umgangsformen – wir alle brauchen sie täglich. Aber wie das Leben, wandeln sich auch die Regeln des Zusammenlebens. Für alle, die eine klare und verlässliche Antwort auf die Frage „Was ist angebracht?" suchen, ist dieses Lexikon eine wertvolle Hilfe.

Der gute Ton im Privatleben
Von R. Bartels, 104 S.,
50 s/w-Zeichnungen, kartoniert
ISBN: 3-635-**60097**-0
Preis: DM 12,90

Die Spielregeln für den zwischenmenschlichen Umgang haben sich gewandelt, geblieben ist jedoch die Forderung, sich auch im Privatleben um rücksichtsvolles Verhalten zu bemühen. Dieser Ratgeber berät Sie in allen Fragen, die sich im modernen Miteinander ergeben.

Business-Knigge von A bis Z
Von I. Wolf, 152 S.,
zweifarbig, gebunden
ISBN: 3-8068-**4887**-4
Preis: DM 39,90

Von **A** wie Abendkleidung bis **Z** wie Zwischenbescheid – dieser Berufsknigge gibt zeitgemäße Empfehlungen für stilsicheres und korrektes Auftreten im Berufsleben. In 150 ausführlichen Stichwortartikeln kommt „der gute Ton" zu Wort; denn der spielt eine immer wichtigere Rolle für Karriere und Betriebsklima.

Richtig auftreten im Beruf
Von G. Teusen, 144 S.,
7 s/w Zeichnungen, kartoniert
ISBN: 3-8068-**1657**-3
Preis: DM 19,90

Eine gute Ausbildung, Selbstständigkeit und Selbstbewusstsein sind heute für die meisten berufstätigen Frauen zur Selbstverständlichkeit geworden. Unsicherheit herrscht hingegen häufig im Bereich der Umgangsformen. Woran soll frau sich orientieren? Dieser kompetente Knigge hilft und verrät, welche Verhaltensregeln zeitgemäß sind.

Krawatten
Von M. Adam, 48 S.,
vierfarbig, zahlreiche Fotos und
Zeichnungen, gebunden
ISBN: 3-8068-**1519**-4
Preis: DM 14,90

Ob dezent gemustert oder farbenfroh bedruckt – mit der Krawatte lässt sich individueller Stil demonstrieren. Für alle Männer, die ihrem textilen Halsschmuck den letzten Pfiff geben wollen, ist dieser attraktiv illustrierte Ratgeber eine verlässliche Hilfe.

FALKEN